내일도 나하고 놀래

시작시인선 0277 내일도 나하고 놀래

1판 1쇄 펴낸날 2018년 11월 28일
지은이 김화연
펴낸이 이재무
책임편집 박은정
편집디자인 민성돈, 장덕진
펴낸곳 (주)천년의시작
등록번호 제301-2012-033호
등록일자 2006년 1월 10일
주소 (03132) 서울시 종로구 삼일대로32길 36 운현신화타워 502호
전화 02-723-8668
팩스 02-723-8630
홈페이지 www.poempoem.com
이메일 poemsijak@hanmail.net

ⓒ 김화연, 2018, printed in Seoul, Korea

ISBN 978-89-6021-402-6 04810
      978-89-6021-069-1 04810(세트)

값 9,000원

내일도 나하고 놀래

김화연

천년의시작

시인의 말

어릴 때 살았던 15평 일자집

칸나가 피는 날은 집 안이 온통 빨갰다
양철 지붕 아래
붉은 꽃은 봄을 물고 왔고
빗방울은 다섯 형제의 음악이었다
비좁은 건 무엇이든 크게 달려왔다
비좁은 건 색과 소리도 공포였다

견디는 법을 알려준 칸나
빨강이 눈으로 들어왔을 때

고요에 틈이 생겼고

닫힌 입이 열리고

작은 손 글씨로

곱사등 친구에게 글 써서 부치고

붉은 꽃잎 틈 사이로 조금씩 뱉어내던

내 안에 꿈틀거리는 뱀의 토사물

아직은 빨강에서 벗어나기 쉽지 않으나

서서히 색과 화해할 것이다

무지개 색을 음미해 보고 싶은

숨은 낱말들을 찾아서

2018년 가을

김화연

차 례

시인의 말

제1부

맨드라미

가을볕 아래
수탉들 꾸벅꾸벅 졸고 있다
아무리 뒤적거려 봐도
날개와 꽁지는 보이지 않고
벼슬만 사납다
꺾이거나 비틀어지거나
가을은 그 목을 떨굴 것이다

봄의 결

계절들에게는 결이 있다
봄의 골목을 지나갈 때
여름의 나무들을 지나갈 때
뒷짐 지고 걷던 골목길 모퉁이 향이 난다면
그건 은은한 존재의 결이라는 뜻이다
덜 깬 새벌 가지에 기대고 싶은 햇살
비가 오고 안개 끼고 허청대는 바람도
안녕 하며 걸어가는 발걸음도
조심조심 꽃을 피하는 봄
봄꽃 꺾는 도둑에게도
어느 꽃에서 구입한 향수냐고 묻고 싶은
그런 향기가 난다
꽃 나들이를 놓친 핑계도
목련꽃 헹가래도
모든 향기와 냄새들은 결을 갖고 있다
누군가의 곁으로 크고
누군가의 결이 되는 동안
멀어지거나 멀어져 온 언저리
이끼가 끼고 축축하다

초록 버드나무가 중얼거리는
아래에 한참 서있었다
그 말이 내 머리에 닿을 것 같았다

가벼워지는 빨강

파랑은 천지天地의 무게
빨강은 낙하의 무게

파랑은 단단한 무게로 매달려
제 발자국을 단속하는 꼭지가 있다
버드나무 잎들이 물빛과 수런대고
열매들,
까치에게 주워들은 물총새 이야기와
잠깐 다녀간 이슬방울
가림막 없는 비바람과 폭염이 꽉꽉 들어차고 있다

비좁아지는 파랑의 등에
날개를 활짝 편 나비 앉았다 날아간다
내 등을 내어줄 때
버린 만큼 거둔다는 꽃말에
햇살을 줄이기로 했다

파랑은 가벼움 쪽으로 늘어지고
문을 닫는다
가벼워진 것들이

떨어지거나 날려간다
바닥엔 빨강들이 지천이고
그 빨강을 먹으려고 가장 가볍다는
날파리들 몰려든다
티끌 날개로 비비는 저녁에
땅에 내려와 저무는 어둠을 보고 있다

가볍거나 무거운 것을 계측하는 것은 꼭지들이다
흐르는 내 몸도 낙하의 시점이 오듯
붉게 물들고 있다

만약이라는 말

만약이라는 말은
또 다른 지구
주머니에 넣기도 편하고
어느 곳에서나 먹을 수 있는 상비약 같은
만약이라는 말
자꾸 만지작거리면 영영 사라지기도 한다
수만 개의 날개를 펴고 날아가기도 하고
검은 운석이 되어 떨어지기도 한다
만약이라는 말 속에서는
집이 스스로 움직이고
꽃밭이 살아서 뒤란과 마당 끝을 옮겨 다닌다
움직임이 부산한 만약이라는 말
그 한마디에는 온통 변수들이 가득하다

그 만약을 누구나 갖고 산다
돌파구처럼 막다른 골목처럼
한숨 끝에 곁들이는 그 만약이라는 말
이웃사촌인 듯 살뜰하다가도
꼬리 자르고 떠나는 도마뱀 같은 말
만지면 집게발을 떼어버리고 떠나는 꽃게 같은 말

빈부의 격차도 없고 성차별도 없는
과거와 미래를 마음대로 드나들 수 있는 두 글자

만약이라는 말 한마디로 늦은 밤까지 뒤척인다
너무 멀리까지 가도 괜찮은
돌아오지 않으면 더 좋은 만약이라는 말
이 나무 저 나무 날아다니며
만약을 전하기 바쁜 새들과
뒤꼍 설익은 바람 사이로 창문이 달리는 밤
머릿속에는 하루 동안 썼던
만약이라는 말이
우수수 머리맡에 떨어진다
나는 베개를 만약이라는 말 밑에 바친다

방충망

분주하던 여름의 저녁이 쌀쌀해지고
날개들 한가한 가을이 와서 방충망을 뜯었네
집요하게 여름이 통과하려 했던
철망의 틈 틈마다
여름 저녁의 날개들이 끼여 있네
저 미세한 틈으로 불빛을 찾아들던 것들
푸른 눈은 멀고 절뚝이는 다리 하나 걸려 있네
물장구 치는 여름이 아닌
잔고殘高 없는 그늘이 먹던 바람
바닥에서 쌀벌레, 거미들이 기어가네
난청의 새 한 마리
흔들리는 창문 틈에 앉아 부푼 거미집 보고 있네
방충망은 여름날 성가신 혈투를 막아주었었네
견고하게 여름을 막고 있던
얇은 경계 사이로 느닷없이 가을이 들어오네
숱 무성해 풀지 못했던 머리카락
귀밑머리에 하얗게 서리가 보이네
어떤 미세한 틈도 그물도
가을을 막아내긴 힘들 것 같네
방충망을 거품으로 청소하는 늦은 오후

계절이 자리바꿈하는 사이

나무들 이파리가 흐릿해지고

오는 계절이 핑 도는 감정으로 또 흐릿하다네

분꽃

어둑한 저녁, 별들을 점등하려
성냥불처럼 분꽃이 핀다
딸 부잣집 딸들이 옹기종기 모여 놀던,
열 평 남짓 마당
채송화꽃에 마실 온 여름
붉은 맨드라미꽃에게 마당의 난기류를 전한다

누가 들어올까
허름한 문을 열쇠로 잠근 날엔
번뜩이던 머릿속이 농한기에 접어든 듯
반나절 동안이나 열쇠를 찾은 적 있다
혼잣말을 지껄이던 노인은
고욤나무에게 물어보고
탱자 가시를 덮고 있는 나팔꽃에게
문 옆의 주변들에게 물어보았지만
푸른 잎들은 못 들은 척 손사래를 쳤다
시집간 막내딸이 깨진 독에 심어놓은 분꽃
검게 탄 머릿속에
불의 씨앗이 톡톡 떨어진다
도둑들은 씨앗은 뒤지지만

꽃을 의심하지 않는다
해가 지면 노을에게 불씨를 얻어 불 켜는 분꽃
밤눈 어두운 노인의 귀가를
화륵 화륵 밝히고 있는 분꽃

저 화분 밑에
빈집의 문이 숨어있다

사과 벌레가 사과를 기다리는 동안

사과 벌레가 사과를 기다리는 동안
꽃들은 문을 연다
모든 병의 입구가
저 꽃과 같다

그때 삐걱삐걱 약통의 날들이
살충의 날들을 배합한다
열린 사과꽃들에게로
꿈틀거리는 바람이 새어 들어간다
잎들은 팽창하고
주름을 한껏 조인 남풍이다
사과 속에서 한 몸인 듯 사는 사과 벌레는
어쩌면 사과의 우울증일지도 모른다
뜨거워진 꽃잎을 식혀 줄
파란 나무를 타고 붕붕거리는
벌들의 날개 진동이 떨릴 때
그맘때
나는 빨간 볼을 배웠다

사과 벌레가 사과를 기다리는 동안
세상의 땅속에선
검은 어둠이 채굴되고 있겠지만
사과 벌레는 하얀 사과의 속살을 뚫고
달달한 여름을 지나간다.
여름은 벌레들의 채굴 시기다
아마도 사과 씨들 중
일부는 벌레에게서
그 모양을 배웠을 것이다

손톱 밑

한 사람이 의문 속으로 눕고
검시관들은 그의 눈을 열어보았다
눈 속에는 이미
죽은 사람들로 가득했으므로
그를 죽음에 이르게 한 원인이 없었다
열린 가슴에는 어제 먹었던 음식과
탁한 결심 하나가 아직 남아있었다
죽음을 몰고 온 병명은 꼭꼭 숨고
그는 자칫 불상의 망자가 될 수 있었지만
집요한 법의학자는
그의 손톱을 뒤지기 시작했다
조생과 조모는 이미 검은색으로 변하고
보름을 깎지 않은 손톱엔
마지막 안간힘이 끼어있었다
그는 다시 발굴된다
직업이 안간힘이 부르르 떨었던
주먹과 즐거운 박수까지 단숨에 발굴되었다
방어와 공격을 하면서 지킨 그곳
물에 씻겨 나간 생물의 보고들이 잠시 숨어들어 간 자리
몸에서 가장 변두리였던 손톱 밑은

간결하고 짧게 대답을 숨기고 있었다

그의 손톱 밑에
마지막 애원이 검출되었다
한 사람이 미세한 손톱 밑에
웅크리고 숨어있었다.

수은주

빨간 씨앗 하나를 봄에 심었다. 땅은 금방 풀리면서 따뜻해졌다. 겨울 동안 쌓인 영하의 온도를 영상으로 밀어 올리는 한 포기의 수은주처럼 폭염이 치솟고 포기 끝에서 살랑살랑 식었다. 폭발한 것들은 공중에서 흩어지므로 꽃이 아니다.

곤두박질치는 것이 그렇게 나쁜 것만은 아니다. 잔뜩 웅크리는 힘,
그 힘으로 숨은 싹 하나를 지키는 것이다.

장롱 제일 위 칸이 궁금했다면 키가 닿지 않는 높이를 배웠을 것이고 의자의 사용 방법을 하나쯤 더 알게 됐을 테지만 궁금한 것들은 추워지면 다시 아래로 내려온다는 것을 믿었었다. 씨앗은 1도씩 눈금을 올리며 빨간 지표를 만들어갔다.

수은주 끝에 빨간 사과가 들어있다고 믿었고 따뜻한 새싹들이 가득 들어있다고 믿은 적도 있다. 파랗게 치솟던 것들이 다시 빨간 지표를 매달고 겨울 지나 봄 다시 곤두박질치는 땅을 꿈꾼다.

수은주가 파랗게 영하로 향하고 있다.

잔뜩 웅크리는 힘, 그건 내가 알지 못하는 곳에서 배운 것이다.

쑥떡

압구정 쿠오모에서
캘리포니아 드림의 노랫소리에
어깨 들썩이며 반기는 동창 친구들
담장 위 덩굴장미들도
꽃잎을 피우며 수다를 떠는 점심시간

희숙이가
함양에서 가지고 온 쑥떡 한 꾸러미
종이 박스를 여니
시골 방앗간 피댓줄 소리가 들리는 듯하다

먹기도 전에
입안에 까만 염소가 매어져 있는
봄 들판이 흥건하게 고이고
논물 말라가던 가을 들녘의 맛이 고인다
쑥떡에서 이런 두 맛이 난다
봄 들판과 가을 들녘의 맛

먼 길을 기차 타고 올라온 쑥떡이 아직 따뜻하다
희숙이와 나는

두 가지 맛으로 맺어진
한 가지 맛의 오랜 친구이다

이맘때면

이맘때라는 말은
일 년 언제든지 있는 때
지나간 시간을 느닷없이 소환하는 때
작년과 재작년을 오늘로 불러놓고
어금니쯤에 고이는 신맛으로
얼굴을 찌푸리는 때

이맘때라는 말은
흰 구름 의자에 앉아
파랗게 익어가는 나뭇잎에 들뜨고
이빨 사이로 굴러다니는
빈 씨앗 같은 말들이
코끝을 시큰하게 하는 때

우리는 이맘때를 앞에 놓고
날리는 머리카락 쪽으로 웃고
떨어지는 열매 쪽으로 시무룩해진다
비술나무 그늘 밑에서 손뼉을 치며
술래의 속눈썹으로 떨렸던 이맘때

이맘때라는 말이
저 맘과 그 맘 사이에서 편지를 쓴다
느린 우체통 안에
마른 겨드랑이에서
몇 글자 꺼낸 즐거운 기억을

우리 맘대로 소환하여 되씹는 이맘때라는 말이
흐르는 구름 속에 가려지고 있다

일습

숲길에
먹고 먹힌 흔적이
한 벌처럼 누워있다

아직 목덜미가 무서운 숨은
사라진 제 부속을 찾으러 갔는지 고요하다
발굽에서 뛰던 맥박은
부서진 시계처럼 멈춰있다
눈은 너무 먼 곳을 바라보아서
포식자의 입맛이 아니다
숨이 끊어진 어린 고라니는
제 입가를 간질이는 풀을 더 이상 뜯지 않는다
간간이 묻은 핏방울을 닦고 있는 바람
언젠가 보았던
뼈만 남아있던 일습도 저랬다

시간이 지나간다는 것은 질겨지는 일이다
뿔이 없는 머리는 온순하기만 하고
바람이 말리고 있는 기억의 밑바닥은 지워지고 있다
뼈 한 벌이 한 마리로 누워있는

짐승은 탁본처럼 흐릿하다

초식의 죽음과 육식의 연명이
한 벌처럼 누워있는 풀숲은
부드럽게 흐르는 바람의 일습이지만
바람은 초식도 육식도 아닌
우주의 입맛이다

젓가락

수저통에서 외벌 일색으로
절그럭거리는 젓가락들이지만
한 그릇 훈훈한 김 나는
국수 그릇 앞에서는
당연히 한 벌로 의기투합하는
혈혈단신의 처지들
머리카락 쓸어 올리는 처녀 아이의 입도 들큰한 땀 냄새
풍기는 날 노동자의 입도 도시락을 훔쳐 먹는 학생의 입도
발우공양 하는 스님의 입도 내외 없이 섭렵하는 젓가락, 천
지에 홀로 나고 각개로 절그럭거린다

한 벌로 소용되는 젓가락들
검지와 중지에 서있는 반찬들

외벌로 절뚝거리는 젓가락은 손바닥을 쥐면 가볍고 날카
롭다 송곳 대신 종이를 점으로 찍고 행운의 날짜는 던져서
찍고 감자도 쿡쿡 찍어서 먹는 짝을 잃은 젓가락은 외나무
다리다 외길 십 년을 걸어가면 길이 보인다고 대나무 마디
에서 짝을 찾은 젓가락

손가락 요가의 기술을 알리는
젓가락들이 여기저기 뛰어노는 저녁 시간
표정이 다양한 음식의 말들과
모양 닮은 젓가락이 살다 보면 다 된다고
입안에서 수다를 조율하고 있다

제비꽃

—제비꽃 씨앗에는 개미가 좋아하는 단백질 간식이 있대요.
씨앗 주워 빨아 먹고 개미들은 집 주변에 묻어놓는다네요.

일종의 파종법이죠.
개미가 한 일은 봄의 문을 여는 일이지요.
제비 돌아오는 삼월에 피는 꽃
하늘의 심부름꾼 제비가
새들을 몰고 와 공중을 북적거리게 하는 것도
꽃 피우는 산통을 돕는 일이에요.
제비꽃들이 꽃잎을 펴고
하늘하늘 봄을 비행 중입니다.

앉은뱅이 보랏빛 여린 꽃은
부엌문을 열고 부뚜막에 앉아 화전을 그리고
손가락 반지놀이도 하고 놀지요.
양지 곳곳이 긴 손잡고
꽃샘바람을 반기는 건
추위를 이긴 웃음꽃이지요.

개미들의 조력으로
제비꽃 피면
우리 집에 오겠다고 말하는 제비
미안해요, 미안합니다.[*]
합창하는 양철 지붕 처마 난간
그 작은 존재의 공생이
봄 햇살에 참 따뜻합니다.

* 푸치니 오페라 「제비」 중에서.

칸나

찢어진 문풍지 사이로
어둠이 깔리면
사방에서 몰려오는 아비의 친구들
마작의 패를 맞추는 소리가 회색 기왓장을 흔들었다

쯔무 훌라 짱*
소라 껍데기보다 더 커져버린 귀
쪼그리고 앉아
소리의 볼륨을 키운다

쯔무 훌라 짱
아비의 환호가 귓전에 울리면
활짝 편 기지개가 걸어오는 아침
익숙한 사투리가 햇살을 가르고
밥 뜸 들이는 소리는 달콤했다

쯔무 훌라 짱
낯선 이의 소리가 벽으로 스며들면
일어서고 싶지 않은 새벽이 신음을 했다
체념이 가득한 입술에 물만 적실 뿐

허기진 배는 어두운 방을 응시했다

마당 저만치에서 떨고 있는 붉은 칸나 잎
기억 저편 오래된 소리가
시간의 손을 잡고 앉아있다

* 마작 게임에서 승자가 내는 소리.

계림동 옛집

녹슨 문고리를 만지자 다가오는 소리들

자라지 않은 이빨 사이에 명주실을 끼고
문고리에 칭칭 감은 끈
까치야, 까치야
헌 이빨 줄게 새 이빨 다오
노랫소리 들려온다
굳게 닫힌 문고리에
두려움의 시간이 묻어있다
실끈에 매달려 있는 하얀 젖니
마음만큼 멀리 던져
까치의 하얀 가슴이
희망을 가져올 수 있게 파란 하늘을 열어놓았다

문틈으로 들어오는 허기진 바람
추위에 떨었던 발등
붉은 볼이 시무룩하면
며칠 지나면 큰 집으로 이사 갈 거라는
아빠의 허풍기 있는 말이 옥수수빵만큼 좋았다

부엌 기둥 위의 회색 거미줄 따라
돌아가며 성벽을 짓고 허물었던 날들
두껍아, 두껍아
헌 집 줄게 새 집 다오
노랫소리가 들려온다.

나비

베란다 밖 유리창 너머에
봄 나비가 난다
실금을 긋는 날갯짓이 햇살을 이어 붙인다
아름다운 두 눈 같은 나비들
하얀 날개가
공기를 가르는 춤을 춘다

열다섯 거울 위에 앉아
처음 나비를 보았다
물끄러미 쳐다보는 두 눈에
내가 내게 들킨 날이었다
어쩌면 나도 한 송이 꽃일지도 모른다고 생각했다
겨드랑이에서 아지랑이가 올라오고
손과 발, 뺨은 더욱 수줍어졌다
나는 정원,
유독 설레던 봄이었다

내 몸에 나비가 날고 있다는 것을
알고 난 뒤부터
오줌이 마려울 때마다

나비가 마렵다고 생각했다

따뜻하지 않은 오줌이 있을까

쭈그려 앉아 나비를 생각하면

졸졸 얼음이 녹고 개울이 풀리는 소리가 났다

여전히 봄 나비가 날고

거울은 깨졌다

낡은 책상에 관하여

책상에 두 팔꿈치를 올려놓고
오후의 나른한 독서를 한다
샛노란 햇살이 눈에 감기면
책상에 엎드린 날이 있다
ㄱ, ㄴ의 글자는 수면睡眠의 씨앗
몇 개 심지도 못하고
눈이 감긴다
하염없이 흘린 잠이
한 백 년은 된 것 같다가도
서투른 연애편지를 쓰던 날은
정신 줄 놓은 연필심을 격려했다
한 줄을 쓰고 책상을 꼬집으면
푸른 먹물이 뚝뚝 떨어지고
천진스런 하얀 구름과
새들이 모이는 숲속을 만들었다

책상에서 두근거리는 날은
심장이 삐걱삐걱 소리를 냈다

내 꿈을 전시했던 침 묻은 문학관
낡은 책상에 관한 헌시를 쓰지 않는다면
양손에 묻었던 옛날의 표정을
어디에다 물을 것인가
어제를 뒤돌아보면 끝이 보이지 않은 골목길
작고 보잘 것 없는 낡은 책상에 앉아
견고했던 사랑의 후일담을
삐걱삐걱 듣는다

내일도 나하고 놀래

심호흡하고 때려봐
하늘 저편 초록의 둥지까지 날아오르도록
근심 묻은 빨 주 노 초 문신일랑 접어두고
가슴 깨질듯이 힘껏 때려봐
한참을 가도 돌아보지 마
어디로 가고 있나
어디로 떨어지고 있나
바람이 손짓하는 하늘을 날고 있어

때려야만 날아가는 나
때려야만 날개를 펴고
알바트로스 이글의 무리에서 놀 수 있어
풀어져 땅 위에 뒹굴면
접힌 날개는 덩굴 속에서 허우적거려
잔디 위에 궤적을 그리며
땡그랑,
중심으로 안착하려면

벌타伐打 없이 바람을 가르는
타격打擊의 비행은 끝마쳐야 해

그러니 어디에 떨어지든
만지면 흙먼지 털고
또다시 일어서는 나

내일도 나하고 놀래?

물의 마음으로

쌓였던 눈이 녹고
흥건하게 물이 고이면서
가라앉을 것과 떠오른 것을 구별한다
하늘에서 내린 눈이 녹은 땅
눈 녹은 물에 파란 하늘 고인다
가장 낮은 곳과
가장 높은 곳이 만나
고이고 말라가는 중이다

눈 녹은 물
녹아 사라진 집 한 채가
어른어른 고여있다
비닐봉지가 떠있는 저기, 저쯤이
안방이 있던 곳이었을까
구름의 끝자락이 걸린 모퉁이가
아버지의 건넌방이었을까
잔물결이 연신 기침을 뱉어내는데
낯선 얼굴들끼리 서로 알겠다는 듯
오래 들여다보고 있다

물 고였던 자리
나를 잠깐 머무르게 하는 자리이다
구름이 흐르고 먼지가 부옇게 끼어가는
이 잠깐의 물 고인 자리는
알고 보면 다복하게
하늘 한 자락 고였던 귀한 곳이다

제2부

고장 난 입

침묵을 잊어버린 오후 한 시
낡은 타자기가 된 입은
오후 두 시를 모른다.

쓰지 않던 오래된 가방을
주인에게 묻지 않고 가을 햇살에게 주었다.
주는 기분 가득히 따사로움 즐겼다.
가방 주인은 시장 바닥 소음으로
오후 세 시다.

방향을 잃은 입과
형용사가 많은 손을 조심하라며
낡아버린 타자기에
기름 한 방울 떨어트려 ㅈ ㄹ ㄲ을 지워본다.
복사기에 종이를 대고
찍어보니 군더더기 수식이 졸고 있다.

충고는 오후 네 시였다.
땅 위에 서있는 그림자의 시간이다.

손가락을 맞바꾸다

세상에 와서
손가락을 맞바꾼 사람이 있다

맞바꾼 손가락엔 풋살구 같은
건너가던 약속과
건너뛰는 약속들이 있다
빛나는 손가락 하나 갖는 것이 어린 날 꿈이었던
닿을 길 없는 천장을 보며
석순과 종유석에 순결을 뿌린다
맞바꾼 손가락은 펼쳐진 커튼 뒤에서
낮을 따라 밤을 따라 떨어지는 물방울로
천상의 석주를 그린다

물기 촉촉한 손과 찬 공기의 한숨으로
손가락의 매듭은 굵어지고
반지는 점점 좁아졌다

반지의 동그란 원을 들여다보면
축축한 개구멍을 나오다 다친 약속들이 쓰라리다

윤슬 같은 눈웃음이
상처 위에 앉는다
동굴 속 어둠에 눈이 먼 동굴새우와 엄지유령거미는
흙탕물에도 여유롭다
박쥐 한 마리 날벌레로 저녁 먹는 시간
일으켜 세운 손가락이 차갑다

내 손가락이면서
내 손가락이 아닌 내 손가락
물 자국 팬 곳에
헤아릴 수 없는 시간의 석주가 끼워져 있다

간판 없는 여자

간판이 없는 맛집 기사를 읽다가
나의 간판을 생각하네
하얀 콘크리트 벽에 무지개가 떠있고
이름 석 자 네온 글귀에 걸어놓았네
가끔은 매니큐어 손톱으로
핑크 자판기 머리에 이고 거리에 서면
햇살은 한심한 듯 지나쳤네
어느 날은 검정 고무신에 월남치마 입고
고향 요리를 하면 혓바닥 흘리며 사람들은 줄을 섰네
나의 취향에 맞는 업종 변경이 경력이었고
변덕과 입방아로 숨겨진 폐업이 이력이네
드르륵 미닫이문 열고 사방을 보면
진열된 것들이란
먼지의 상표, 쓸모없는 문서거나
고딕체의 디자인들이네
불빛 간판을 버리고
간판 없이 진열하기로 했네
영업시간, 취급 품목, 포장지를 쓰지 않기로 했네
풀밭에 들어가 풀이 되고
아침잠 깨우는 수다스러운 참새도 되고

개울에 발 담가 발 시린 가을이 되기로 했네
간판이나 목 좋은 자리는
젊은 여름에게 주기로 했네
저기 쑥부쟁이가 피어있는 흙길
달빛 은은한 곳에서
많이 불리는 이름이 아니라
많이 생각나는 여자가 되기로 했다네

소심한 창문

친구에게 돈을 빌려주고
갚지 못하는 친구를 만나니 불편하다
돈을 빌려 간 친구의 집
불 켜진 창문이 불편하다
독촉도 없는 원금에
불편은 이자처럼 늘어만 간다
빌려준 기억이 가슴에서 머리로
머리카락으로 쑥쑥 자라고
불편은 겨울 대밭처럼 차고 날카롭다

그랬으면 좋겠다
가령 새들이 동그란 숫자를 품고 뒤척거리면서
깨질 때까지 기다리는 소멸의 화폐를 다루듯
여름 동안 텅 비어가는 동그란 숫자들처럼
원금의 기억을 품고
불안한 듯 두리번거리는 새들처럼
텅 빈 새의 둥지를 볼 때마다
다시 동그란 숫자들이 날개를 접고
둥지로 들었으면 하는 그런 생각

세상엔 원금은 없고
이자들만 요란한 소리를 낸다
이자들은 가혹하거나 야박한 날짜들
상환기간이란
어느 한쪽이 지치거나
사라지는 시간이다

창문들은 오해의 한 장면이어서
안이든 바깥이든 소심하다

난간

햇빛을 품었던
몇 개의 난간을 버렸다
푸른 언어들이 떨어진 틈이 홀가분하다

사과 궤짝을 뜯어 만들었던
헐거운 난간에도
푸른 말들을 버리고 있다
계단 없는 난간은
빛을 받지 못한 푸른 잎들이 고개를 빼던 곳
유리창 안에서 시든 이파리에게
바람 하나 앉히려 했었다

천둥 끝, 손가락을 품던
단풍나무에도 난간이 있다면 내내 가을이다

허술한 이파리의 식물들은
집 안으로 들이고
뒷문이 튼튼한 식물들은 집 밖에 월동한다
단풍나무에게도
붉은 발, 몸통들은 날아가고

홀가분한 발들만 오그라든다

애써 지켜왔던 난간의 균형을 보란 듯이
속 시원히 버리는 가을
쳐다보는 하늘이 넓고 푸르다
빈 가지에 햇빛 받지 못한 푸른 이파리 몇 장
새들이 노니는 난간이
참 친절하다.

여름 실밥

얼굴을 뒤집은 적 없는데
송송 실밥이 뚝뚝 떨어진다.
이마에서 검은 눈썹 위에서 잠시 쉬다가
미끄러지듯 떨어지는 실밥
실밥이 떨어지면 내 얼굴은 민낯이 된다.
얼굴은 맨몸이어서 부끄럽거나 뻔뻔하다.

여름 햇빛이 잘 볶은 깨를 짜듯
시큼한 실밥이 밖으로 나온다.
땀방울은 언젠가
되삼킨 울음의 분량으로 배어 나온다.
온몸을 거울에 비추어 봐도
몸엔 실밥 자국 하나 없는데
뜨거워지면 눈송이처럼 피어나는 실밥

만날 수 없는 두 길이 만나 실밥이 된다면
재봉선은 어디에 있을까.
안으로 숨기며 문을 닫아버리는 내 몸
맨몸은 얼굴 하나로 족하다.
그래서 우리는 재봉선 실밥이

툭툭 틀어지는 옷을 걸치고 다닌다.

곳곳을 살피면
꿰맨 자국 한 군데쯤 있다.
빼낸 것도 넣은 것도 없는 자국
여름 온몸에서
실밥이 돋아 나와 떨어진다.
무서운 바느질이 나를 지나갔다는 증거다.

달

달은 지구의 밤을
속속들이 빛내는
전구들의 어머니,
겨울의 폭설과 철조망을 지나
저 산등성이를 막 넘어가신다

둥근 몸 안에는
물고기들이 지느러미를 키우는 곳
가시관을 쓴 분쟁들
밝은 필라멘트는
몇천억 년쯤 끄떡없겠다
지금은 양 떼들이 우는 밤 깊은 시간
숨고 싶은 이에게
달은 초승의 밤을 제공하고
환하게 드러나고 싶은 이를 위해서도
달은 보름을 풀어놓는 것이다
염원이 아니라면 저 달
밤하늘에 떠있겠는가
빛과 어둠의 날들을 풀어놓으며
새벽을 향해 길을 밝히는 달

육신의 손실도
상실의 존재들에게도 본보기가 되는
썰물과 밀물의 어머니
지구의 모든 물빛에 들렀다 가는
물고기들의 전구 같은 달

손톱 달력

손톱을 깎고 다시
손톱을 깎는 그 기간엔
어떤 날짜들이 들어있을까
해답인 양 앞니로 물고 뜯던 손톱 끝
자라는 길이만큼 무관심했던
손톱에 그 어떤 적의도 묻힌 적 없다
다만 담장 밑의 여름을 찧어
손톱에 물들였을 뿐
비닐로 꼭꼭 싸맨 명주실 속에는
백반처럼 하얗고 시린
말더듬이 끝, 첫마디가 들어있다
금잔화 주위를 서성거리는 뱀처럼
담장을 몰래 넘어가 흘렸던 서체書體
열 손(手) 기다림이 손톱 끝에서 떨고 있다
폐가 우물가에서 만난 정오의 눈빛
진흙투성이 신발이 생경해 쳐다본
동안童顔에게
눈인사의 수줍음을 전하지 못하고
우물 속만 쳐다보다 해가 졌다
우연은 우물의 바닥처럼 마르고

여름은 억세어지고 웃자랐다
붉은 손톱을 깎을 때마다
꽃씨 같은 손톱이 톡톡 날아갔다
그리고 그 기간엔
사람 하나가 손끝처럼 짧아졌다

한여름 비 맞고 있는 봉숭아를 보면서
손톱 달력이 떠올랐다
똑똑 담장을 깎으며
여름이 가면 낮아진 담장을 넘어
첫눈이 내렸고 쌓였다
봉숭아 핀 여름부터 첫눈까지는
손톱의 달이다

이사

점점 하행 곡선이다.

변두리를 알선해 달라고 부동산 중개소에 부탁해 놓고
정산도 아닌 계산을 다시 한다.

　그 옛날 첫 집을 구해 들었던 빨간 지붕 밑, 치자꽃 냄새
에 놀아났던 두근두근 심정이 아닌 혀를 차는 걸음으로 월
셋집을 찾는다. 돌고 돌아 집 주변을 재촉해도 정든 곳, 언
저리 십 리를 못 벗어나고 늦은 저녁 잠 못 이루는 한탄들
이 방문을 여닫는다. 근심 깔고 먹구름 이불로 잠을 덮는
다. 사는 곳 하나를 옮기는 일인데 가족사진이 묶인 끈들
이 툭툭 끊어지는 소리 들린다. 들어낸 세간들은 천애고아
같고 삐걱대는 소리를 내고 있다. 푸석한 손등을 닮은 가구
들어낸 자리마다
　검거나 하얗다.

　그렇다, 이사란 흙벽이거나 나무 기둥에 슬프거나 즐거
웠던 못 자국을 남기고 가는 일이다. 봄소식 숨어있는 대추
나무는 잎 떨어진 문밖에 두고

정들었던 곳마다 바람이 빙빙 돌듯

전전긍긍했던 마음 자국은 챙겨 갈까 두고 갈까

망설이는 중이다.

폭식

수렵 삼십 년이 된
이팝나무 만개한 뒤로 바람들
숟가락도 없이 달려든다
설익은 꽃밥
꼬들꼬들하게 익어가는 중이다

꽃샘추위 들어오면
약속이나 하듯 때를 기다리는 저, 슬기로움
벌써부터 바닥은
일렁이는 그늘들, 입을 벌리고
저 꽃밥 쏟아질 때를 기다린다

벌 떼의 행렬이 끝나고
지금은 후덥지근하게 뜸 들이는 시간
그늘은 일 년을 기다려 보챈다
바람 부는 날 입맛 다시는 그늘
만개한 꽃들 걱정은
침 흘리는 그늘을 환하게 하는 일
꽃밥으로 살찌우는 일

휘날리는 꽃잎들은
웃으며 떨어진다는 증거다
한 존재가 배부르면
또 한 존재는 배고픈
지구의 가난 내력

고봉으로 꽃밥 쌓인 이팝나무 그늘이지만
올려다본 나뭇가지들은 지금
허전한 공복들이다

중심을 깬다

내가 가장 무서워하는 곳은
뱀을 본 곳이다

따뜻한 햇살에 화려한 무늬를 내놓고
몸을 덥히던 뱀, 가끔 줄기인 척
저의 몸에서 꽃 피기를 기다리던 뱀
뱀의 경계 반경은
작대기 길이의 거리다

작대기는 두리번거리는 반경
그 짧은 거리를
누구나 갖고 있거나 갖고 있지 않다
비스듬히 기울어지는 나를
아무도 모르게 슬쩍 받쳐놓을 수도 있는 작대기 하나에는
몇십 배 무거운 것들의 중심을 아는
완벽한 각도가 숨어있다

풀 지게를 받치고 있던 지겟작대기
그 중심 곁에서 어깨를 내려놓고 쉬던 아버지
받쳐놓은 그 중심 위에서 칡꽃이 피고

달맞이꽃이 낮달을 따라가고
잠자리가 한 마리 앉아있다 날아가고
그 풀 짐 속에
뱀 한 마리 숨어있던 풍경

가느다란 작대기는
끙, 하고 세상의 중심을 일으켜 세우고
풀 짐 위에서 날개를 고쳐
견고한 중심을 떠나던 잠자리가
나의 중심은 아니었을까 짐작하는 것이다

참기름 병

방앗간 헹구어놓은 빈 소주병에
누렇게 익은 햇빛이 반짝거리고 있다
병이 서있는 순간은
무언가 꽉 차있을 때다
주거니 받거니 뒤끝 작렬하게 물들이던 코끝
맹물로 씻어 거꾸로 엎어놓은 소주병
그 빈 병에 참기름을 담는다
소주병일 때는 늙은 할멈 입에서
웬수도 저런 웬수 없다
타박의 대상이었지만
빈 병에 참기름이 담기자
세상에 이 또한 귀한 대접이 없다
뚜껑을 열고 닫을 때마다
흘릴까 싹싹 닦아대던 몸값
미끄러질까
보자기에 싸고 두 손으로 감싼다
콸콸, 따르던 소리 하나 버렸을 뿐인데
참기름 한 방울 아꼈을 뿐인데
대접도 이런 후한 대접이 없다

솜털 박힌 하얀 꽃에서
쏟아지던 깨, 가을이 다 지나고 알았다
맡아보면 고소한 시절 있었으니
깨꽃,
흐트러진 그때는 왜 몰랐을까
오늘도 깨밭에 잘 익은 깨가 톡톡 튄다.

물의 살

물과 물 사이에는 경계가 없다
안과 밖이 없는 몸에서
결을 세우고 잎이 나고 꽃이 핀다
달이 뜨고 지는 날, 원을 그리며
착취하듯 몸을 살찌우는 살
하천부지 푸성귀 밭
종류를 가리지 않고 폭식한다
물은 가끔 개의 꼬리처럼 흐르거나
놀란 고양이의 등같이 부푼다
물은 뼈가 없지만
센 물살이 물의 뼈다
물살은 땅의 지주가 되고
여름 내내 할머니들의 소일거리가 된다
물살은 물을 보듬고 살을 밀며
망망대해로 합류한다
넘치는 장마와 범람은 물의 스트레스
물은 그때부터 파란 물때를 키운다
물살에서 물고기들이 산란을 하고
지느러미와 역류를 키운다
푸른 치마를 활짝 편 물

지구의 생명들은 누구를 막론하고
저 물의 살을 먹어야 산다
물과 물 사이에는 경계가 없듯
내 살도 물의 살이다

천적

죄지어 고개 숙이는 멱살이 있어
손아귀 하나 피해 다녔다.

어쩌다 그 손아귀에 잡히는 날이면
바짝 마른 능소화같이
쏟아진 물컵같이 체념이다.
늦가을 바람에 뒹구는 파지破紙다.

살다 보면 누군가는 내 멱살 잡고
굴욕의 길 함께 가자고 할 것이다.

꽃잎에겐 허연 입김이 천적이듯
빨래에겐 소나기가 천적이듯
죄지은 멱살에겐 느닷없는 손아귀가 천적이다.
나는 천적이 있어 날개가 돋아났고
두 손이 공손해지고
미안하다는 말을 껌처럼 씹었다.

목을 잠그기로 했다.
어떤 굴욕도 들지 못하게

뻣뻣이 세웠던 목 불러들여 숨죽이라 했다.

세상의 어떤 용서, 어떤 굴욕보다
더 낮게 목을 내리기로 했다.
태어나면서 동행한
목숨이라는 천적을 모른 척하는
나이가 되기로 했다.

다 어디로 갈까

소나기들이
개울을 부풀리고 있다

떠나는 비의 뒤끝들이 햇살로 몰려간다
물방울을 먹으며 자라나는 햇살들
토실토실한 햇살이 토해 내는 빛으로
물결과 나뭇잎은 살찐다

슬픔이 눈에 편승하듯 고요 속으로 불어간다 한낮의 태
양이 식은 저녁으로, 달로 바뀌듯 구름은 우물 속에서 잠긴
하늘을 열고 있다 휘어지는 바람은 다 고민 중인 나무들의
비틀어진 가지 속으로 든다

주워다 놓은 현무암 속으로 빗줄기와 바람과 햇살이 함
께 들어있다
돌은 그때마다 색깔이 바뀐다 어제와 비슷한 하루를 견딘
나는 얼굴의 표정으로 늙는다

작은 총알 하나가 들어간
삼촌의 다리엔 절뚝이는 걸음이 함께 있다

연기 속에는 엄마의 눈물이 섞여 있고
눅눅한 성냥에도 불이 붙지 못한
생일 케이크의 이야기가 있다

황소의 두툼한 배 속에는 지게에 놓여 있던 풀꽃들이 핀
다 제비추리 꽃등심 부챗살 같은 부위가 된다

얼굴은 주름 속에 숨어있다가
사라진다

보라색

두근두근 내 봄에
첫 제비꽃이 피었다
양지에 핀 제비꽃들은
내 옷장을 지키던 문지기 같다
꽃 핀 자리는
꺾을 수도 열 수도 없는
아득한 옷장이다

단벌로 보라의 계절을 보냈다
햇살과 어둠을 섞은 보라는 하얀 얼굴에
잘 어울렸고
보라와 함께
걷는 발길은
내 청춘의 보폭이었고
화관을 쓰고 걷던 출가의 길이었다
지금도
보라색 옷을 입으면
두근두근거리는 단추들
먼발치까지 다다르는
보라의 보폭들

보라가 늙으면

거뭇한 얼굴이 된다

옷장에 걸린 옷들은 레이스가 늙어갔다

멍든 자국처럼 천천히 봄이 풀리고

꽃 진 자리

꺾을 수도 열 수도 없는

아득한 옷장이다

봄꽃을 들여다보며

나무들마다 물이 오르는
꽃 피는 봄이라 해서
꽃 보러 갔다가 먼 곳만 보고 왔다.
눈 감고 이른 봄 달려오니
어리둥절한 꽃들이
눈을 뜨고 있는 중이다.

공산성 옆 금강천 변에 군락으로 피어있던 매화꽃. 다리
를 지나는 바짓가랑이보다 먼저 걷는 강바람. 바람을 묻힌
바짓단으로 걷고 또 걸었던 자취 시절. 겨울이 지나면 봄이
오는 줄 알았다. 봄이 오면 물레방아 돌고 꽃 피어있는 빵
집 액자 한 점처럼 봄이 오는 줄 알았다. 해마다 같은 나무
를 찾아오는 매화의 눈썰미를 배우려 했다.

오므린 손을 펴야 가벼워지는 손바닥
몇 개의 가지를 잘라냈다.
전정은 꽃송이들 길 잃는 일이어서
다른 나뭇가지를 물색하는 일이다.
손을 펴고 쥔 숫자가 많아질수록
매화나무 옆에서 서성거릴 꽃송이들이 많다.

봄이 되면 그냥 피는 줄 알았던 꽃
한 번쯤 쉬고 싶은 꽃에게
함부로 꽃 들여다보지 말 일이다.
봄꽃은 먼 곳을 내가 떠나온 것이거나
내가 가야 할 곳인지도 모른다.

분첩

거울 속 얼굴을 본다
거울은 내 얼굴의 목격자
표정을 관리해 주던
표정 관리사

거울 보지 않고 분첩 없이
어떻게 좋은 날 지내왔겠는가
거울은 시절 따라 분꽃,
장미꽃 모란꽃으로
나만의 달을 만들었고
먹구름이 섞인 빗물에는 재빨리 문을 닫았다
하얀 얼굴로 기러기를 불러들이고
붉은 꽃잎으로 부리를 물들였다

분첩을 열면
혈색이 도는 표정이 여전하지만
내 얼굴보다 앞서 거울이 늙고 만다
거울 속에는 수많은 얼굴이 들고 나지만
무심히 바라보는 거울 속 눈길은
자신의 굽은 등을 보지 않는다

한 사람의 시절이 적막하다

가까이 보지 않으면
기미와 주름도 지워버리는
오래된 거울은 함부로 바꾸거나
내다 버리지 말 일이다
분첩의 날들이 먼지가 끼어 흐릿하더라도
거울을 바꾸는 일
내 얼굴을 바꾸는 일이다

빈 곳을 찾다

봄이 오고 있다.
오늘, 꽃들을 헤치고
사람 하나 들어올 빈 곳을 찾는다.

사람에게 사람 하나 들어오는 일
아랫목에 부지런한 햇살을 앉히고
창문을 열어 시원한 여름을 불러들인다.
욕심 하나 치우면
그곳은 빈 곳이 된다.
이기심 하나 접으면 그곳 또한
배려의 한 자리가 된다.

사람에게 사람 하나 들어오는 일
방문을 활짝 연다.
그 사람의 말투를 위해
내 말투를 좁히고
웃음을 위해 웃음으로 마중 나가야 한다.
마음 한쪽 비켜주어
그 마음 편히 들어올 수 있게

조금씩만 넓혀도
사람 하나 들어올 수 있는
마음 그득해지는 방

빈 곳은 비어있는 곳이 아니라
기다리는 곳이다.
사람 하나 들어올 때를 위해
숨겨 놓고 있는 곳이다.

그늘이 바쁘다

늦가을 향을 쟁이는 모과나무 아래
파란 열매 몇 개 뒹굴고 있다
11월 파란색은 모두 그늘
그늘은 느리게 낮잠을 자는
게으른 한낮이다
거울에 그늘을 오래 살피는 화장대 앞
야윈 햇살에도 거울 속 화장 깊이는 더해지고
출근 시간이 바쁜
꼬리의 그늘이 곁눈질로도 보인다
계절을 읽기 바쁜 햇살을 벗어나
뒤돌아서 앉아있는 바람의 잔금들
몇 개의 주름을 버리고
검은 안경을 낀 피곤한 얼굴
아직 파란 잎이 갈색 잎들 사이에 섞여 있다
다급한 얼굴들은 모두 늦은 얼굴들
눈을 감아야 하는 이유를
늘 받쳐주던, 묵묵했던 눈 밑
누런 얼굴 사이에
낙과落果의 그늘이 짙다

내 눈 밑에 아직

설익은 모과가 있고

농익은 눈물처럼 뚝뚝 떨어질 것이지만

늦가을 그늘들은 서두른다 해도

올해는 끝이다

사막

사막은 거대한 황금
빛나는 황금에는 석양의 성분이 들어있다
황금은 하늘과 가까운 곳
권력과 욕망이 달라붙는다
사금 한 줌에는 헤아릴 수 없는 바람이 몰아쳤던
골드러시 행렬이 있다
오아시스가 숨어있고
때로 허황한 신기루가 펼쳐지기도 한다
황량한 사막을 지키고 있는 황금의 석양
능선마다 날카로운 칼날이
누렇게 그 날을 세우고 있다

바람의 날을 가는 황금의 능선
가끔 회오리바람으로 춤을 추는 날
낙타를 몰고 대상의 행렬이 지나가기도 한다

내 손가락엔 바람의 방향도 읽을 수 있는
군살이 박힌 사막이 끼워져 있다
자주 바람의 방향으로 지형을 바꾸는 사막
사막에서는 손가락을 거는

어떤 약속도 없다
다만 손가락엔 게으름 피우지 않고
바람과 물을 나누어 가졌던
흰 강이 흘렀던 자국이 있다

매일 황금의 지형을 세공하는 바람
그러나 사막엔 그 흔한
금은방이 하나도 없다

내일 보자

어느 날은 비가 내리고
또 눈이 쌓인 짙푸른 나무들이 있는 내일
내일 보자라는 인사의 유래는
오늘의 햇살 아래서 자란 말투

내일은
잠의 신과 내기하는 일
누가 먼저 잠 깨느냐가 아니라
그 잠 속에서 꿈을 챙겨
꿈 밖으로 나오는 일

내일은
방금 헤어진 사람이
오늘을 버리고 돌아올 거라는
설레는 끈을 놓지 않은
그다음 날인 날

내일 보자
몇만 년 후의 얼굴로
판도라에서 꺼낸 말
듣기만 해도 좋은, 한쪽 눈이 방긋한
스무 살 눈동자의 웃음.

제3부

여름 처녀

미모美貌를 잃어가는 장미들이
햇볕에 타는 한낮
빨갛게 토해 놓은 꽃말이 흩어진다.
계절 없는 꽃들의 꽃말은
허풍의 외형外形
핏기 없는 화장법들 좀 봐.
물방울, 보형물을 넣은 젖가슴 사이에
애교로 엮은 붉은 목걸이는
바닥을 달구는 햇빛에 떨어지고
스물아홉의 정원을 두리번거리며
담장 밖을 외면한다.
찾아오는 예감에 목을 세우고
오늘은 몇 번의 감탄을 받았노라고
일기장에 쓰지만
원색이 희미해진 잎은 너풀거린다.
꽃잎의 키가 갈수록 작아지고
혓바닥의 끝이 피자두색으로 붉어질 때
여름이 치마를 여미고
또 사치를 벗기며 지나가고 있다.
바람 하나 기다리지만
햇빛의 혼수가 수레를 이룬다.

꽃 피는 돌

오월, 지금은 물속 돌들이
꽃 피우는 시기,
제법 큰 돌을 더듬으면
매끌매끌한 꽃이 만져진다.

물의 때를 앉히는 돌
그 돌에 앉은 물의 때를 먹고 다슬기들이 자란다.
옛날 내 어머니는 그것을 꽃이라 불렀다.
허리 휘며 따 온 꽃은
다닥다닥 뒤엉켜 잠들어 있는 식구들의
쌉싸름한 아침의
한 그릇 뜨끈한 온기였다.

탱자에는 요주의 가시가 많다고
삶은 다슬기 껍질을 빨며
나사처럼 돌고 도는 골목길 같은 한탄을
쪽쪽 소리 내던 아버지
푸른 눈동자에 탁한 물때가 끼기 시작했다.
오월, 굵고 튼실한
꽃을 찾아 물속을 헤매던 엄마

그래서인지 아버지의 숙취에
퐁당, 돌 하나 던지듯
그 꽃 끓인 국물을 훌훌 들이마시고
바위 같던 아버지 벌떡 일어나곤 했다.

흐르는 물에도 날씨가 있다.
성난 물 말고 온순하고 맑은 물의 날씨에
꽃 피듯 피는 돌의 꽃
돌도 한 며칠 푹 끓이면 물렁해질라
한 줌 가득 돌의 꽃 건진다.

민들레는 틈

봄의 틈 틈마다 민들레가 핀다
시멘트 바닥에 갈라진 틈
틈이란 빠져드는 곳이기도 하지만
비집고 나오는 곳이기도 하다
손발들의 완력에서 소원해진 틈
그 틈에 피어난 민들레
봄은 제 앞섶인 양,
민들레 코르사주를 달고 있다
톱날 잎으로 쓱싹쓱싹
쌀쌀한 봄바람을 자르는 민들레를
틈의 일종이라고 말하고 싶다

틈은
가깝지도
더 멀어지지도 않는 사이
앞섶에 꽃을 달고
관심을 가지고 화해를 자처하는 곳이다
바라볼 수 있는 간격으로
못 본 척과 못 들은 척 앞에
절대라는 말을 쓰지 않는 사이

지칠 줄 모르고 퍼붓는 냉정에 햇빛 한 줄기
웃는 당신과 우는 나 사이에
뒤틀린 곳들마다 틈들이 핀다

함부로 메울 곳이 아닌
그 틈에서 넉넉한 협소들이 피고 있는 곳이다
빠져나갈 구멍이 없는
너와 나 사이
양지에 민들레가 핀다.

어떤 수화

흐르는 물을 만지면
쉬지 않고 흐르는 말을 만지는 느낌이 든다
나무를 만지면 돌 지난 아이의 흔들리는 말이 들리고
돌멩이를 만지면 구르고 또 굴러다니는
구수한 사투리 말을 만지고 있다는 느낌이 든다

팔십의 엄마 손을 만지면
마디 굵은 수화
말이 사라진 자리에 앙상하게 흐르는 그 말
오래전 잠든 나의 이마를 짚던 엄마의 손
더듬더듬 더듬던 손의 말
못 알아듣는 척했던 그 말을
오늘 내가 만지고 있다

나무가 흔들리고 물이 흐르고 딱딱한 돌멩이가 굴러다
니는 그 거친
손의 말을 뚝뚝 눈물 흘리며 들었다

귀가 아닌 마음으로 듣는 말
배운 적 없는 수화를 배운 것처럼 알고 있다

평생을 낭비하고 배운 말들
아무 말 마라,
내가 네 맘 다 안다
지워지지 않는 말
멈추지 않고 핏속으로 흐르는 말
걷고 뛰고 웃고 우는 말은 침묵하고
잔잔하게 또닥거리는 침묵의 말

광활한 우주의 손잡이 같은
그 손의 말

여름 손님

파도가 담장을 두드리면
대문 빗장이 저절로 열리고
까무룩, 잠들었던 흰 개가 깨어난다.
모과나무는 구전口傳을 풀어놓느라
그만 설익은 모과를 놓친다.
소식도 없이 빈 가방 하나 들고
슬리퍼 신고 달려온 여름 손님들
파도는 흰 레이스 달린 앞치마를 걸치고
더운 창문을 열어 바다 풍경을 대접한다.
모시 저고리에 예를 차린 풍경
반바지에 민소매 입은 여름 손님
삼베 받침에 달여 온 우전차茶가
미안美顔의 혀 밑을 감싼다.
앞산을 넘어가는 붉은 노을이
조여있던 허리의 끈을 조금씩 풀며
풍경이 있는 집으로 들어온다.
언뜻,
구름 돛이 펼쳐지다
쏜살같이 달리는 한낮
여름 손님들 신발마다에

늘어진

지느러미 돈는다.

우산

비가 그치고 벽에 세워둔 우산은
꽃 피기 직전이다
버튼 하나만 누르면 공중을 향해 순간을 펼치는
흐린 날의 꽃
어떤 존재가 흐린 날 피고 싶을까
꽃들이 둥둥 떠가는 골목과
각양각색의 우산 행렬은
공중의 신이 즐기는 꽃밭이다
꽃잎 아래 빗소리를 듣는 우중 산책이 있다

팽팽한 처마 밑에서
주룩주룩 속울음이 길 위에 떨어진다
우산은 빗방울 천막이다
천막 밖 전화기는 긴급통화 중
대기시간이 길어지고 통화 소리 시끄럽다
공중에서 젖지 않는 독백처럼
빗방울의 투정은 자유롭다

철들지 않은 버튼
생각나는 대로 누르면

흔들리듯 피어나는 희로애락喜怒哀樂의 표정들

접지 않으면 시들지 않고

비가 오면 개화하는 꽃

왜 꽃들의 목록에

우산은 없는 것일까?

황도

솜털이 많고 단단한 푸른 복숭아
황도밭은 달달한 맛을 풍기고
황도밭을 지날 때마다
아버지, 까끌까끌하던 목구멍이 생각난다
참 달구나
꿀떡꿀떡 잘도 넘기시던 병상의 아버지
황도는 병의 별식이었다

누런 봉투를 쓰고 익어갈 황도를
보시며
하늘은 아직 파랗게 설익었다고
때가 아니라고 누런 얼굴로
중얼중얼 회한을 버리시던 아버지

곧 가위를 들고
황도밭 주인이 열매를 똑똑 딸 것인데
곧 주사기를 뽑고
생의 온 구멍을 막아버릴 때가 올 것인데
딸은 황도 껍질을 벗기고 있다

오늘, 황도 통조림을 따다 흘린

손가락 피

아버지 입 벌리고 흘려 넣고 싶은데

서쪽 하늘은 붉은 저녁을

꿀떡꿀떡 삼키고 있다

11월

쌍둥이들을 보면
11월 같다

11월, 철길을 보면
덜컹거리며 떠나고 싶은 달
지지대 같은 숫자들이
오리를 데리고 가거나
눈사람을 녹이며 가는 달력 속에서
11월은 짝을 이루어 서있어
외롭지 않은 달

가로수 길을 보면 긴 11월 같다
나뭇잎들이 낡거나 헐렁해진 거리
땅과 하늘 사이 텅 빈 도로에는
추운 물줄기들이 땅 밑으로 숨는다
온갖 동그라미들로 더러워진
달력들 숫자들은 비틀거리며
묵은 날짜들이 될 것이다

사람들의 등과 앞이 11월 같다

보이는 것과 보이지 않은 것은
적당한 거리의 평행선으로
고개를 돌리지 않은 것

11월은 둘이 함께 가는 길
미끄러운 길을 다듬으며 가는 달

내 생일은 우두커니
혼자 서있는 1월 쌍둥이가 없는 달
2를 닮은 오리를 기다리는 달

거울신경

봄이 막 도착한 최가네 산수유나무
참 잘생긴 봄이다.
봄, 봄, 부르니
맨얼굴에 연정戀情이 든다.
쳇바퀴 돌던 꽃은 겨울의 그늘을 벗고
최가네 마당가에서 노랗게 핀다.
붉은 열매는 아직 멀었지만
산수유는 소풍이었다.
나는 그 시절 노란색 옷을 즐겨 입고
노란 시간에 자고 노란 산수유 가지 위에서
스와질란드 왕비도 되고
기생 놀이도 했다.

돈을 빌려 오라는
일찍 집에 들어오라는
가슴 오그라드는 말을 듣는 날은
주먹만 한 돌이 몸속을 담금질한다.
돌을 꺼내 입 화살로 산수유나무에게 다시 던진다.
몸속이 넉넉해 흥얼거리는 노래까지 담아주는
최가네 넓은 밭 산수유는

지금 말로 무제한 데이터였다.
최가네 산수유는 말 없는 위로였고
어깨 넓은 거위벌레였다.
틈새는 세월에 비례하듯
연민이 오고 가는 거리를 재고 있을 때
자욱해져서 멀어진 산수유나무
나도 아프다는
말이 아파서
거울을 보지 않기로 했다.

귓속의 고양이

눈을 감으면 귓속으로
뒤꿈치 들고 밤을 더듬거리는
고양이 울음이 들어오네.
으슥한 뒤란과 캄캄한 문밖이
알고 보니 내 귓속에 들어있네.

눈으로 볼 수 없는 것들 부엉이의 눈 굴리는 소리 하루의
반경을 도는 식구들의 발자국 소리 비 온 뒤 칸나 뿌리에서
잎으로 물을 퍼 올리는 소리. 고무풍선에 공기를 불어넣듯
부푸는 사람들의 희망이 회오리치며 귓속이 윙윙거리네.

애써 잠을 채워 넣어도
점점 더 가까워지는 소리
예민해진 귓속은 저녁을 먹고
발톱 숨기는 고양이 걷는 소리 파고든다.
바람이 봄꽃 속으로 숨어드는 소리
씨앗 만드는 부스럭거리는 소리
내 귓속으로 털어 넣고 있네.

귀를 털면 검고 자잘한 씨앗들과

흰 고양이 수염 몇 가닥 떨어지네.
귓속은 폭신해서
야행성 고양이들이 웅크리고 있네.

남편이 직업이다

남편이라는 이름에 입사했다
함께여서 행복했다
방을 늘리고 정원을 마련했다
아이들이 태어나고 여러 명의 웃음 속에
함께 살았다
슬하膝下는 늘어났지만
승진 같은 것은 관심이 없었다
쓸고 닦는 일을 솔선수범했지만
생활은 갈수록 빠듯했고
경리 부서부터 디자인실 그리고 기획실까지
중첩 업무가 과중되었다
남편이라는 회사는
중요한 일이 많은 날일수록 잠을 설치듯
꿈에서도 회의를 하곤 했다
무너질 듯 무너지지 않았다
몇 번의 퇴사를 염두에 둔 적이 있었지만
어린 신입들이 걱정이었다
남들처럼 사표를 속주머니에 넣고 다니는 대신
속울음 하나를 넣고 다니는 날이 길었다
한숨이 늘어나고 경리 부서는 전화 소리 요란했다

그러는 동안 남편이라는 회사의
모든 부채와 명의들이 내 앞으로 승계되었다
내 이름 석 자에
동그라미 숫자들이 옹벽을 쳤다
절벽에서 떨어질까 숫자들이 줄을 친다
떨어지는 낙엽을 밟는 가을이어도
여전히 특근과 야근을 하고 있다
더 이상 승진할 직급이 없는 둘만의 회사
신입들은 슬하를 퇴사했지만
남편이라는 회사는
아직도 남아있는 부서가 존재한다
꽃다운 부서들은 다 늙고
경비와 청소의 자잘한 잡무를 맡아보는 부서는
여전히 나의 헌신적인 업무를 필요로 한다

눈시울

아무래도 찬바람 속에는
조금의 슬픔이 섞여 있는 것 같다.
불현듯 눈시울이 붉어졌다

문풍지처럼 으스스 떨며 이불 속에서 잠들었던 겨울, 양
과자를 사 왔다는 들뜬 아버지의 목소리에 부스스 손 내밀
려 하니 둘째는 단것을 안 좋아하니 깨우지 말라는 엄마의
말. 양과자 소리는 모래 밟는 소리

이불 속 눈시울 붉어지고
덩달아 입 시울 울먹거린다.

한 번도 나의 편인 적 없었던 눈시울, 참으려 했지만 참
지 못했다. 출렁거리는 배의 가장자리같이 온몸이 파도에
출렁거리고. 홑겹의 이불도 요동을 친다.

연기 매운 아궁이 하나 눈 속으로 들어갔나 했다.

눈물은 붉은 노을의 눈시울이 슬픈 밤을 덮고 이른 아침을 맞으면 고소하고 단내 나는 햇살이 창문 가득 맛있었다.

몇 층의 날씨

3월, 눈이 내리다가 다시
진눈깨비로 바뀌고 다시 빗줄기로 바뀐다
하늘 변덕이라고 하지만
그건 공중의 날씨다
날씨의 모자 같다
묵직한 찬바람은 눈발이 되고
챙이 넓은 진눈깨비로 바뀐다
먼 허공을 수직으로 내려오다가
사람의 마을 근처에 다다라
깜빡 잊고 나온 모자처럼 허전하다
구름은 날씨의 씨앗

궂은 날씨들 같은
공중 날씨
조간신문 경제란에 우중충하게 끼어있기도 한다
자주 변하는 물가지수 같은 날씨
우산을 쓴 사람과 눈을 터는 사람
털모자를 쓴 사람과 비를 맞는 사람
내일 날씨는 이제
아무도 믿지 않는 오보가 되었다

비가 내린다
나무 밑은 계절의 영역이 아니라는 듯
벚나무와 개나리는 개쑥갓에게
비 온도를 물어보지 않는다

목도리를 두른 여름과
귀마개를 한 봄이
한 구름 밑에서 산다

물이 추위를 대하는 방식

어머니가 떠놓은 한 그릇 물에
밤 추위가 들어가 있던 것을 기억한다.

낮 동안 햇볕에 따뜻해진 물은 맨발로 돌아다니다
해가 진 뒤 집을 찾아 들어오듯
한 그릇 물이 문을 열어주었다.

봄이 온다 해도 좀처럼 녹지 않을 것 같은 집
연통 끝으로 고약한 연소燃燒만 빠져나간다.
형체에 머물지 않는 한 그릇 물이 가끔은
자기의 모양과 성질을 바꾸어 한 번쯤 뒤집어지고 싶을
때가 있다.

한낮이 되면 물은 녹는다.
얼고 녹고 반복되는 동안 그릇은 텅 비어갈 것이다.

꽝꽝 얼어있던 물의 집
편애 없이 한 그릇 물은 또 햇볕에도 문을 열어주고 있다.
누구에게나 보이지 않는 증발이 있겠지만
그건 빙점과 해동의 시간을 무수히 반복해 뒤척인다.

따뜻한 날씨도 추운 날씨도 뒤집어 보면
햇볕의 뒷면에는 추위가 숨어있고
추위의 뒷면에는 따뜻함이 웅크리고 있다.

결국엔 추위도 햇살도 들어갈 수 없는
한 그릇 문 없는 집이 내게는 있다.

바람 작업 일지

가을 샛바람부터 갈바람까지
바람들은 바쁘다
나무들을 방문하는 바람의 종류들
붉은 이파리들을 골라 떨군다

갈바람은 모과나무의 조숙한 씨앗을 흙으로 내려보내고
소슬바람은 산사나무 잎으로 쓸쓸한 풍경이 된다
샛바람은 모감주나무 잎을 술 취한 듯 떠돌고
된바람은 뒤늦은 잎들을 뒤척거리며 달력을 쳐다본다

온 산을 뒤지다 만나는 침엽수들은
바람의 휴일
바람의 달력에는 공휴일 표시가 온통 초록색이다
붉은색이 많은 단풍나무는 야근한다
산수유 열매 반짝거림 때문에
잠을 잘 수 없다는 오동나무
이파리를 만진다고 도둑 신고를 하는 담쟁이
나무들 민원 신고에 바쁘다

산꼭대기부터 슬금슬금 나무들을 작업하는 바람 작업일

지에는

　소나무 이름은 없다 별을 닮은 단풍과 초승달을 그린 오
그라진 발을 닮은 파란 단풍을 보았다는 시의 문장도 간혹
보인다

　모두 북쪽에서 파견된 바람의 기술진들에겐
　숙련된 낙화 업무 일지가 있다
　이른 새벽부터 늦은 저녁까지 나무들 옷을 벗기는 일
　일사불란한 늦가을
　낙화 일지엔 나무마다 꼭꼭 문 닫아주었다는
　추신이 함께 기록된다

벌을 주세요

간혹 마음이 두근거릴 때
벌을 주세요, 청하고 싶다.
열두 색 계단으로 끝없이 올라가는 마음
지친 창문들을 본다.
그때 한 마리 작은 설치류 같은
죄가 들어온다면
오만한 것들이 바짝 긴장할 텐데
편견으로 길들인 죄는 성냥개비이건
장작개비이건 활활 불이 붙는다.
타오르는 불은 마지막 남은
종이 방패 하나까지도 활활 태운다.
과녁을 향하지 않은 화살이
입에서 튀어나오고
음지에서 불어온 바람을 뭉쳐
귀를 막는다.

기고만장이 들쭉날쭉한 죄가 된다.
나뭇잎 사이에 숨어있는 새들의 집이
살짝 부는 바람에도 들키듯
죄는 눈을 감고 들어와서는

두 눈을 번쩍 뜨고 내 양심을 살핀다.
심장은 두 발바닥으로 종종거리고
손가락 사이에서 뛰어논다.
양심은 꺼진 모닥불처럼 싸늘하지만
번쩍 번개같이 벌이 옮겨붙는
그 순간, 양심엔 연기가 피어오른다.

개기월식

가을 추수를 끝낸 몸속에는
더운 낮을 견딘 몇 개의 못이 있다.
찬바람 불면 흔들리는 관절마다 못은 자라나고
웃자란 응어리가 부풀어 오른다.
소리를 휘며 끙끙 대는 자국들
묵묵히 견딜 수 없는 내역을
먼지 털기 하는 중이다.
절뚝거리는 무릎들
마음을 연다는 것은 무지無知를 즐기는 일
맨발로 걷는 곳마다 껍데기들
바스락거리는 가을

하늘 높이 떠있던 만월과 별들이 사라진 날, 나뭇가지에
옷 하나 걸쳐놓고 흥얼거리던 저 달과 별의 반짝거리던 빛
을 누가 가져갔을까.

녹슨 못들이 흘렸던
시큼한 냄새
병명이 적힌 검은 글씨가
붉은 지평선을 지나 밤하늘에 걸려 있다.

까마귀들이 까만 날개를 접는 자정은
정인을 만나서 검은 옷을
함께 입어보는 날이다.

모순

집 근처에
공터 하나가 사라지는 중이다.

건물이 들어서면서 공터엔 쾅쾅 박히고 구부러지고 부서지는 소리 들리더니 조용했던 빈자리. 꽉 채우며 사라지는 중이다.

그 공터엔 구부러진 것들이 널려 있다. 반듯한 새 집이 지어지는 동안 빠져나오는, 부서지고 우그러지고 포개어지는 것들은 무엇일까. 공터의 눌러앉았던 의자, 포플러 가지 위에 오래된 새들의 둥지. 비어있는 공터를 꽉 채우던 햇살은 아닐까.

새 집이 지어지는 공간은 쓸쓸한 자취들이 살던 곳. 아름다운 창고를 만들려고 버려진 것들이 모여들었던 곳. 공터의 서쪽 모서리를 깎아내고 깎아낸 모서리를 동쪽에 맞춘다. 짧은 것들로 높은 것을 만들고 넓은 것들을 좁혀 방을 만들고 햇살을 불러들여 그늘을 만든다.

빗줄기는 반갑지 않은 재료다.

새들이 잠자는 곳이 사라지고 보이지 않을 때 부유하게 떠다니던 공터가 새 집으로 들어서고 있다.

무심히 스쳐 지나가던 자리가 몇 층의 눈길이 된다.

지기로 했다

지기로 했다
져주는 것이 아니라
깨끗하게 화끈하게 져주기로 했다
낮은 힘에게
모든 끝들의 그 미약함에게
아무 이유 없이 지기로 했다

여물지 않은 아이의 말끝에 지고 싶고 새끼손가락에 걸
린 약속들에게, 벽면에 써놓은 겸손의 다짐들에게 질서 앞
에 서있는 양보들에게 굽은 허리를 안고 서있는 지팡이에게
철모르는 가난을 지고 오는 옛 기억에 무력하게 지고 싶다

깊은 상처에게 불평불만인 혀에게 절망으로 빛났던 간
사한 귓속말에게 욕심을 품고 날아가는 가슴에게도 장대
비에 배냇짓하는 붉은꼬리여우풀에게도 눈 딱 감고 무조
건 지고 싶다

지는 일엔
나 하나만 탓하면 되는 일은
성냥불 빛에도 환하다

그러니 지는 일이란

내 마음이 이기는 일인 것이다

하지夏至

늦잠 없는 하늘이
먼저 하는 일은 창문을 열게 하는 일
일찍 일어난 해가 여물어가는 감자를 더듬는 일

봄을 지난 씨앗들이 껍질을 생각할 때이고
밭고랑들은 폭신한 분을 챙기거나
맵싸한 햇살을 쟁인다
내 몸의 뒤축을 끌고 가는 슬리퍼에선
개의 할딱거리는 혓바닥소리가 난다
지금은 그늘의 챙으로 얼굴을 가리는 계절
비어있는 그림자마다 사람이 모여들고
여물지 않은 열매들의 끝에
햇잠자리들이 앉는다
온종일 서있는 마을의 나무들은
그림자로 방향을 바꾸곤 한다
한 해의 가장 긴 그림자를 만들기 위해
둥치에서부터 나뭇가지 끝까지 햇살 물어 나른다
바람도 부지런한 지금은
고양이가 배부른 계절
곧 내가 알고 있는 가을이

이 마을에 찾아올 것이다

저녁의 지명들이 밤으로 달려가고
모퉁이 저쪽에선 내가 아는 꽃 한 무더기가 진다
하지 무렵,
뒤축을 헐어 늦은 여름을 맞이한다

해 설

심미적 실감으로 다가오는 "은은한 존재의 곁"
―김화연의 시 세계

유성호(문학평론가, 한양대학교 국문과 교수)

1.

김화연 시인의 첫 시집 『내일도 나하고 놀래』(천년의시작, 2018)는, 오랜 시간 겪어온 절절한 개인적 경험과 기억이 상합相合하여 빚어낸 심미적 성정性情의 화폭이다. 이번 첫 시집에서 그녀가 관조하면서 하나하나 그 생성적 의미를 완성해 가는 대상들은, 자연 사물처럼 가시적인 것들도 많이 있지만, 삶의 가장 깊은 이치를 담고 있는 상상적 운동처럼 비가시적인 것들도 적지 않다. 특별히 시인은 이러한 작업을 자연 사물과 지나간 시간에 대한 기억에 집중적으로 부여하면서, 그것이 삶의 깊이와 너비를 극대화하려는 서정시의 호환할 수 없는 자양임을 역동적으로 증언해 간다. 그 결과 시인은 서정시가 지상의 원리에 충실하면서도 한편에서는 초월과 비상의 꿈을 잃지 않는 장르임을 명백하게 입증해 간다. 이처럼 김화연 시인은 유한자有限者로서의 실존을 절감하면서도, 인간의 감각으로는 포착하기 어려운 근원적 실재를 찾아나서는 상상적 모험이야말로 새로운 삶의 원리를 구현해 가는 서정시만의 예술적 직능임을 우리에게 흔연하게 보여 주고 있다.

따라서 이번 첫 시집은 이러한 서정시의 본래적 직능을 견고하게 견지하면서 우리로 하여금 어떤 가치 있는 세계를 유추하게끔 하는 웅숭깊은 목소리로 다가온다. 시인은 시 공간의 심층을 활달하게 가로지르면서 유달리 넓은 상상의 편폭을 보여 주고 있는데, 우리는 시인의 품이 심원하고 보편적인 세계로 나아가는 과정을 밝은 눈으로 바라보게 된다. 결국 그녀는 일상의 눈으로 포착하기 어려운 근원적 실재에 대한 간단없는 추구 과정을 보여 줌으로써, 우리가 근원에서부터 망각하고 살아가는 세계의 속성을 들여다보게끔 하는 힘을 지니고 있다. 작품들마다 그 나름의 충분한 완결성과 형상성을 담아내면서 시인은 심미적 기억을 불러내는 밝은 감각들을 잔잔하게 전해 준다. 그렇게 낮은 목소리로 전해져 오는 김화연 첫 시집의 미적 전율이 퍽 미덥고도 아름답게 느껴진다.

그런가 하면 김화연 시인은 이번 시집을 통해 '시'와 '시인' 사이의 존재론적 비의秘義를 깊이 궁구해 간다. 시인은 풍경과 소리의 결합, 시간과 공간의 탐침 등을 통해 이러한 방법론에 이르고 있는데, 이처럼 실로 다양한 풍경과 소리를 수습하고 표현하면서 궁극적으로 '시詩'에 대한 자의식을 현저하게 보여 준다. 결국 그녀는 예술적 함축 속에 자기 기억을 쏟아놓을 수밖에 없는 '시'라는 예술에 대해 적극적으로 사유하면서, 사물들 속에서 맞춤한 언어를 발견하고 우리로 하여금 유다른 생성적 존재 전환을 통해 지상의 자음과 모음으로는 도저히 닿을 수 없는 새로운 언어 경험에 이르게끔 해주고 있는 것이다. 이제 그러한 심미적 실감을 던져주는 은은한 세계 안으로 천천히 한 걸음씩 들어가 보도록 하자.

2.

먼저 김화연 시인은 자연 친화를 통한 생명 지향의 상상력을 통해, 사물을 미적 회상에 의해 바라보고 배열하는 독특한 시선을 보여 준다. 가령 그것은 막 태어나는 것들에 대한 찬탄의 시선으로 나타나기도 하고, 천천히 소멸해 가는 것들에 대한 애잔한 시선으로 등장하기도 한다. 그렇게 시인은 인상적 순간에 대한 '기억의 현상학'에 매진하면서도, 그것이 어떠한 인생론적 의미를 지니는지에 대하여 진지하게 되물어 간다. 이때 그녀의 시편은 사물의 표면을 뚫고 들어가 근원적 존재에 대한 탐구를 지향하려는 시적 욕망을 보여 주게 되고, 시인이 노래하는 자연 사물은 그러한 내밀한 경험의 기원을 담는 상상적 거소居所가 되고 있다. 언어의 지시적 의미를 훌쩍 넘어 가장 근원적인 삶의 형식을 묻는 이러한 그녀의 시편들은, 우리의 공동체적 경험의 선명한 한편을 묘사하면서, 그 풍경이 가지는 인생론적 의미를 거듭 질문해 간다. 그것이 삶의 근원적 미학으로 승화하면서 그녀의 아름다운 기억 시편들로 나타나곤 하는데, 그녀의 시적 에너지는 이렇게 자연 사물을 통해 일종의 존재론적 발견 과정을 지향하고 있다 할 것이다.

어둑한 저녁, 별들을 점등하려
성냥불처럼 분꽃이 핀다
딸 부잣집 딸들이 옹기종기 모여 놀던,
열 평 남짓 마당
채송화꽃에 마실 온 여름
붉은 맨드라미꽃에게 마당의 난기류를 전한다

누가 들어올까
허름한 문을 열쇠로 잠근 날엔
번뜩이던 머릿속이 농한기에 접어든 듯
반나절 동안이나 열쇠를 찾은 적 있다
혼잣말을 지껄이던 노인은
고욤나무에게 물어보고
탱자 가시를 덮고 있는 나팔꽃에게

문 옆의 주변들에게 물어보았지만

푸른 잎들은 못 들은 척 손사래를 쳤다

시집간 막내딸이 깨진 독에 심어놓은 분꽃

검게 탄 머릿속에

불의 씨앗이 톡톡 떨어진다

도둑들은 씨앗은 뒤지지만

꽃을 의심하지 않는다

해가 지면 노을에게 불씨를 얻어 불 켜는 분꽃

밤눈 어두운 노인의 귀가를

화륵 화륵 밝히고 있는 분꽃

저 화분 밑에

빈집의 문이 숨어있다

―「분꽃」 전문

　저녁에 은은하게 바라본 "분꽃"은 마치 "별들을 점등하려/ 성냥불처럼" 피어있다. 어둑한 사위四圍와 따뜻하고 밝은 색상으로 피어난 꽃의 대위법이 사물의 윤곽을 선명하게 바라보려는 시인의 시선을 돋보이게 해준다. 또한 시인은 "딸 부잣집 딸들이 옹기종기 모여 놀던,/ 열 평 남짓 마당"의 기억 속에서 '분꽃'과 함께 '채송화꽃/맨드라미꽃'의 모습을 거듭 떠올린다. 그 주위로 하나하나 번져가는 '고욤나무/나팔꽃/푸른 잎들'의 연쇄 속에서 시인은 "시집간 막내딸이 깨진 독에 심어놓은 분꽃"이 검게 탄 머릿속에 불의 씨앗을 떨어뜨리고 있던 시간을 환기한다. 그리고 오래도록 기억 속에 간직했던 "해가 지면 노을에게 불씨를 얻어 불켜는 분꽃"의 형상을 선명하게 재현해 간다. 그 형상을 통해 '지금 여기'의 김화연 시인도 "밤눈 어두운 노인의 귀가를/ 화륵 화륵 밝히고 있는 분꽃"이 되어 빈집을 때로는 지키면서 때로는 그 집을 여는 '문'으로서 살아갈 수 있는 것이 아니겠는가. 이처럼 시인은 자연 사물을 통해 일종의 존재론적 발견 과정을 아름답게 보여 줌으로써, "미세한 틈으로 불빛을 찾아들던 것들"(『방충망』)의 기억을 환하게 밝혀 준다. 그곳이 마치 "나를 잠깐 머무르게 하는 자리"(『물의 마음으로』)인 것처럼 말이다. 다음은 어떠한가.

계절들에게는 곁이 있다

봄의 골목을 지나갈 때

여름의 나무들을 지나갈 때

뒷짐 지고 걷던 골목길 모퉁이 향이 난다면

그건 은은한 존재의 곁이라는 뜻이다

덜 깬 새발 가지에 기대고 싶은 햇살

비가 오고 안개 끼고 허청대는 바람도

안녕 하며 걸어가는 발걸음도

조심조심 꽃을 피하는 봄

봄꽃 꺾는 도둑에게도

어느 꽃에서 구입한 향수냐고 묻고 싶은

그런 향기가 난다

꽃 나들이를 놓친 핑계도

목련꽃 헹가래도

모든 향기와 냄새들은 곁을 갖고 있다

누군가의 곁으로 크고

누군가의 곁이 되는 동안

멀어지거나 멀어져 온 언저리

이끼가 끼고 축축하다

초록 버드나무가 중얼거리는

아래에 한참 서있었다

그 말이 내 머리에 닿을 것 같았다

—「봄의 곁」 전문

봄날의 따뜻한 기억 곁으로 시인의 언어가 천천히 관통해 간다. 가령 "봄의 골목"이나 "여름의 나무들"을 지나갈 때 끼쳐오는 향기는 시인으로 하여금 "은은한 존재의 곁"을 경험하게끔 해준다. 그 경험은 '햇살/비/안개/바람/꽃' 같은 사물들의 목록 속에서 이루어지는데, 봄의 곁에는 그런 존재자들이 주는 "향기"가 나고 있다. 그렇게 사물의 향기는 시인에게 "곁"을 가져다주고, 우리는 모두 그 과정을 통해 "누군가의 곁으로 크고/ 누군가의 곁이 되는 동안/ 멀어지거나 멀어져 온" 시간을 가지게 된 것이다. 그 곁으로 얼마나 많은 이들이 스쳐 갔고 얼마나 깊은 시간이 흘러갔을 것인가. 시인은 이내 "초록 버드나무"가 중얼거리는 말을 귓가에 머무르게 하면서, 이러한 봄의 전언이 머리에 닿을 것 같았던 경이로운 경험을 들려준다. 그것은 마치 "바람이 봄 꽃 속으로 숨어드는 소리"(「귓속의 고양이」)를 듣는 듯한 모습 이며, 나아가 "봄꽃은 먼 곳을 내가 떠나온 것이거나/ 내가 가야 할 곳인지도 모른다"(「봄꽃을 들여다보며」)는 존재론적 자 각을 동반하는 순간이기도 할 것이다. 이렇게 김화연 시인 은 '봄의 곁'으로 우리를 적극 초대한다.

결국 시인은 다양한 자연 사물의 모습과 향기를 통해 우 리의 삶 여기저기서 예민한 섬광을 발하는 존재자들의 "곁" 을 탐구해 간다. 자연 사물의 외관과 속성을 따라 퍽 섬세 한 반응을 보이면서 그것들로부터 삶의 의미를 유추해 내는 적공積功을 일관되게 보여 주는 것이다. 김화연 시인은 이 때 자연 사물의 형상화가 인간과 자연이 근원적 관계를 맺 고 있다는 사실을 보여 주면서, 인간과 자연 사이의 관계론 을 지속적으로 보여 주는 방향으로 시를 써온 것이다. 그만 큼 자연 사물의 미적 관찰과 상상과 표현은 김화연 시학의 핵심 방법론이고, 그때 시인이 경험한 "은은한 존재의 곁" 이야말로 서정시가 주는 경이로운 순간의 뛰어난 은유라고 할 수 있을 것이다.

3.

그런가 하면 시인은 이렇게 자신의 존재론적 기원과 삶

의 슬픔, 그럼에도 불구하고 지속되어야 할 어떤 삶의 따뜻한 에너지에 의해 자신만의 서정시를 써간다. 시인은 '시詩'야말로 삶의 구체적 표현이요 내밀한 심정 토로의 양식임을 믿으면서, 가감 없이 자신이 살아온 날들을 재구再構하고 성찰해 가는 것이다. 그만큼 이번 첫 시집은 그녀가 아프게 통과해 온 시간들에 대한 열망과 치유의 기록을 담아내면서, 지나온 시간 속에서 소용돌이치는 기억의 풍경에 자신의 열정을 남김없이 바치고 있는 시인의 모습을 약여하게 보여 준다. 또한 시인은 이번 시집을 통해 지나온 시간들을 추스르고 응시하는 시인 자신의 삶의 형식에 대해 깊은 질문을 하고 있는데, 이때 삶의 형식이란 삶을 구현하고 펼쳐가는 근원적 원리를 함의한다. 그 점에서 김화연 시인은 상상과 현실, 침전과 융기, 통증과 치유의 호혜적 역동성 속에서 자신만의 삶의 형식으로서의 '시'를 써간다. 다음 시편을 읽어보자.

두근두근 내 봄에
첫 제비꽃이 피었다
양지에 핀 제비꽃들은
내 옷장을 지키던 문지기 같다
꽃 핀 자리는
꺾을 수도 열 수도 없는
아득한 옷장이다

단벌로 보라의 계절을 보냈다
햇살과 어둠을 섞은 보라는 하얀 얼굴에
잘 어울렸고
보라와 함께
걷는 발길은
내 청춘의 보폭이었고
화관을 쓰고 걷던 출가의 길이었다
지금도
보라색 옷을 입으면
두근두근거리는 단추들
먼발치까지 다다르는
보라의 보폭들

보라가 늙으면
거뭇한 얼굴이 된다
옷장에 걸린 옷들은 레이스가 늙어갔다
멍든 자국처럼 천천히 봄이 풀리고
꽃 진 자리
꺾을 수도 열 수도 없는
아득한 옷장이다

—「보라색」 전문

러시아의 화가 칸딘스키는 보랏빛을 일컬어 "냉각된 빨
강"이라고 표현한 바 있다. 그만큼 보랏빛은 차가움과 뜨거

움 사이에 있다. 시인은 "두근두근 내 봄에/ 첫 제비꽃"을 만나 경험했던 그 보랏빛을 기억 속에 담고 있다. 양지에 핀 제비꽃은 "옷장을 지키던 문지기" 같아서 마치 꽃 핀 자리는 "아득한 옷장"으로 다가온다. 시인은 어느새 "단벌로 보라의 계절"을 보내고는, "햇살과 어둠을 섞은 보라"가 잘 어울려 자신의 생이 "보라와 함께/ 걷는 발길"이었다고 힘주어 고백한다. 그렇게 시인은 일관되게 보라색 앞에서 "두근두근"과 "먼발치까지 다다르는/ 보라의 보폭들"에 대한 경이로움을 경험했던 것이다. 마침내 보랏빛이 늙으면, 옷장에 걸린 옷들 레이스가 늙어가듯이, 거뭇한 얼굴이 되어 "멍든 자국처럼 천천히" 봄이 풀려가는 경험을 했던 것이다. 그렇게 봄날의 보랏빛에 대한 강렬한 기억은 마치 "기억 저편 오래된 소리가/ 시간의 손을 잡고 앉아"(「칸나」)있듯이, 시인의 마음 깊은 곳에서 출렁이고 있다. 이 또한 지나온 시간들을 추스르고 응시하고 내면화해 가는 시인 자신이 스스로의 삶의 형식에 대해 깊은 사유를 해가는 시적 도정을 환하게 보여 주는 사례라 할 것이다.

심호흡하고 때려봐
하늘 저편 초록의 둥지까지 날아오르도록
근심 묻은 빨 주 노 초 문신일랑 접어두고
가슴 깨질듯이 힘껏 때려봐
한참을 가도 돌아보지 마
어디로 가고 있나

어디로 떨어지고 있나
바람이 손짓하는 하늘을 날고 있어

때려야만 날아가는 나
때려야만 날개를 펴고
알바트로스 이글의 무리에서 놀 수 있어
풀어져 땅 위에 뒹굴면
접힌 날개는 덩굴 속에서 허우적거려
잔디 위에 궤적을 그리며
땡그랑,
중심으로 안착하려면

벌타伐打 없이 바람을 가르는
타격打擊의 비행은 끝마쳐야 해

그러니 어디에 떨어지든
만지면 흙먼지 털고
또다시 일어서는 나

내일도 나하고 놀래?

─「내일도 나하고 놀래」 전문

  시집 표제작이기도 한 이 시편은 경쾌하고 날렵한 언어
를 통해 지나온 날에 대한 눈부신 기억들을 담고 있다. 시인은 누군가에게 심호흡하고 가슴 깨질 듯이 때려보라고 권한다. 그 힘으로 "하늘 저편 초록의 둥지까지 날아오르도록" 말이다. 그렇다면 자신은 아마도 바람이 손짓하는 하늘을 날고 있을 것이다. 그렇게 "때려야만 날아가는 나"를 두고, 시인은 "중심으로 안착하려면" 날개를 펴고 새들과 더불어 있어야 하는 존재라고 말한다. 그리고 "바람을 가르는/ 타격打擊의 비행"을 마치고는 "어디에 떨어지든/ 만지면 흙먼지 털고/ 또다시 일어서는" 삶이 그러한 타격과 비행과 안착을 가능하게 하고 마침내는 "내일도 나하고 놀래?"라는 기막힌 타격과 비행의 연속성을 가능하게 하는 것이다. 그만큼 김화연 시인은 자신의 생애에서 가장 중요한 기억으로서 마치 "흐르는 내 몸도 낙하의 시점이 오듯"(「가벼워지는 빨강」) 하는 때를 잘 인지하면서 "잔뜩 웅크리는 힘, 그건 내가 알지 못하는 곳에서 배운 것"(「수은주」)이라는 점과 함께 "내 몸에 나비가 날고 있다는 것"(「나비」)을 하나하나 알아가는 것이다.

   요컨대 김화연 시인의 시집은 시간적 흐름에 따른 사실성을 중시하지 않고, 기억 속의 한순간을 포착하고 표현하는 데 온 힘을 쏟아간다. 물론 이때 '한순간'이라는 것은 일회적 사건을 뜻하는 것이 아니라, 이른바 '충만한 현재형'으로서의 '과거/현재/미래'를 모두 한 몸으로 통합한 순간을 말한다. 그래서 시인이 구현해 가는 한순간이란, 존재자가 겪어온 오랜 시간이 반복되고 축적된 집중 형식으로서의 순간인 셈이다. 시인은 바로 이러한 순간을 통해 '충만한 현재형'으로서의 서정시를 쓰고 있는 것이다. 이처럼 원체험과 현재형을 매개하는 것은, 여러 번 강조하듯이, 시인의 남다른 기억에서 가능한 것이다. 김화연 시인은 '보라색'과 '날개'의 기억 속에서, 일상을 규율하는 합리적 운동이 아니라 자신의 현재형 속에 존재하는 시간의 흔적을 충실하게 재현하고 그때의 순간을 유추적으로 구성해 내는 상상력을 일관되게 보여 준 것이다. 이 모든 것이 바로 사유와 감각의 심층적 국면을 은은하게 구현하고 펼쳐가는 근원적 원리로서의 삶의 형식인 셈이다.

4.

우리가 두루 알고 있듯이, 한 편 한 편의 서정시 안에 구현된 시간이란 경험적이고 물리적인 것에 멈추지 않고 작품 내적으로 재구성된 시간을 말한다. 우리가 새삼 기억이라고 부르는 것도, 마음이라는 지층에 보존된 하나의 심상이며 표지標識를 말하는 것일 터이다. 그래서 시인들은 고고학자처럼 의식 건너편에 있는 기억들을 복원시키면서 우리로 하여금 근원적 세계를 상상하게끔 해준다. 그것이 바로 뭇 사물에 대한 매혹적이고도 아득한 시선으로 나타날 때, 우리는 사물과 현상의 고유한 이미지군群을 섬세하게 포착하여 그것을 선명한 물질적 언어로 바꾸어가는 시인의 역량에 신뢰를 가지게 된다. 김화연 시편 안에는 아득한 심연에

시 전해져 오는 어떤 미적 파동이 담겨 있는데, 시인은 그것을 아득하고 아름답게 채록해 감으로써 한편으로는 지상의 실재들이 사라져가는 소실점을 탐구하고, 다른 한편으로는 삶의 심층에 웅크리고 있는 서정성에 접근하려는 역량을 보여 준다. 그것은 아마도 "조금씩만 넓혀도/ 사람 하나 들어올 수 있는/ 마음 그득해지는 방"(「빈 곳을 찾다」)처럼 한없이 충만하고 아름다운 기억들일 것이다. 그래서 우리는 자신의 존재론적 기원을 탐색해 가는 시인의 언어를 통해 한참 동안 글썽이는 기억들을 만나게 된다. 다음 작품을 읽어보자.

녹슨 문고리를 만지자 다가오는 소리들

자라지 않은 이빨 사이에 명주실을 끼고
문고리에 칭칭 감은 끈
까치야, 까치야
헌 이빨 줄게 새 이빨 다오
노랫소리 들려온다
굳게 닫힌 문고리에
두려움의 시간이 묻어있다
실끈에 매달려 있는 하얀 젖니
마음만큼 멀리 던져
까치의 하얀 가슴이
희망을 가져올 수 있게 파란 하늘을 열어놓았다

문틈으로 들어오는 허기진 바람

추위에 떨었던 발등

붉은 볼이 시무룩하면

며칠 지나면 큰 집으로 이사 갈 거라는

아빠의 허풍기 있는 말이 옥수수빵만큼 좋았다

부엌 기둥 위의 회색 거미줄 따라

돌아가며 성벽을 짓고 허물었던 날들

두껍아, 두껍아

헌 집 줄게 새 집 다오

노랫소리가 들려온다.

—「계림동 옛집」 전문

    이미 녹이 슬어있는 집의 문고리를 잡자 어느새 살갑게 다가오는 "소리"는, 그야말로 기억의 심연에서 솟구쳐 오르는 옛 시간 그 자체일 것이다. 시인은 어린 시절 "계림동 옛집"에서 겪은 경험들을 꼼꼼한 시선으로 재구성해 간다. "까치야, 까치야/ 헌 이빨 줄게 새 이빨 다오"라고 노래하면서 "실끈에 매달려 있는 하얀 젖니"를 뽑던 기억들에는 두려움의 시간이 묻어있고, "추위에 떨었던 발등/ 붉은 볼"에는 신산했던 지난날의 일상과 함께 "며칠 지나면 큰 집으로 이사 갈 거라는/ 아빠의 허풍기 있는 말"로 잠깐이나마 치유되었던 어린 시절의 구체적 감각이 녹아있기도 하다. 그 옛집에는 지금도 "두껍아, 두껍아/ 헌 집 줄게 새 집 다오/ 노랫소리"가 희미하나마 또렷하게 들려오고 있을 것이다. 이렇게 시인은 자신의 존재론적 기원이 묻어있는 시공간을 호출하여 그 경험적 구체로 하여금 "철모르는 가난을 지고 오는 옛 기억"(『지기로 했다』)으로 다가오게끔 하고, 나아가 "이사란 흙 벽이거나 나무 기둥에 슬프거나 즐거웠던 못 자국을 남기고 가는 일"(『이사』)임을 알게 해주는 매개로 삼는다. 가난과 슬픔과 순간의 기쁨이 교차했던 시간의 생생한 재현 형식으로서의 서정시가 이렇게 아름답게 펼쳐져 가고 있다. 다음은 '아버지'가 아니라 '어머니'에 대한 기억이 담긴 시편이다.

어머니가 떠놓은 한 그릇 물에
밤 추위가 들어가 있던 것을 기억한다.

낮 동안 햇볕에 따뜻해진 물은 맨발로 돌아다니다
해가 진 뒤 집을 찾아 들어오듯
한 그릇 물이 문을 열어주었다.

봄이 온다 해도 좀처럼 녹지 않을 것 같은 집
연통 끝으로 고약한 연소燃燒만 빠져나간다.
형체에 머물지 않는 한 그릇 물이 가끔은
자기의 모양과 성질을 바꾸어 한 번쯤 뒤집어지고 싶을
때가 있다.

한낮이 되면 물은 녹는다.
얼고 녹고 반복되는 동안 그릇은 텅 비어갈 것이다.

꽝꽝 얼어있던 물의 집

편애 없이 한 그릇 물은 또 햇볕에도 문을 열어주고 있다.

누구에게나 보이지 않는 증발이 있겠지만

그건 빙점과 해동의 시간을 무수히 반복해 뒤척인다.

따뜻한 날씨도 추운 날씨도 뒤집어 보면

햇볕의 뒷면에는 추위가 숨어있고

추위의 뒷면에는 따뜻함이 웅크리고 있다.

결국엔 추위도 햇살도 들어갈 수 없는

한 그릇 문 없는 집이 내게는 있다.

　　　　　　　　　—「물이 추위를 대하는 방식」 전문

　'어머니'와 더불어 생각나는 한 장면은 "한 그릇 물에/ 밤 추위가 들어가 있던 것"이다. 그것은 하루 종일 따뜻한 햇볕 아래 돌아다니다 해가 진 뒤 집을 찾아 들어올 때 맞아주던 "한 그릇 물"에 대한 구체적 기억이다. 그렇게 "형체에 머물지 않는 한 그릇 물"이 가끔씩 시인의 삶에 찾아와 시인으로 하여금 "자기의 모양과 성질을 바꾸어 한 번쯤 뒤집어지고 싶을 때"를 안겨 주는 것이다. "꽝꽝 얼어있던 물의 집"의 기억은 한편으로는 "빙점과 해동의 시간을 무수히 반복해" 온 시간을 은유하고, 다른 한편으로는 "햇볕의 뒷면에는 추위가 숨어있고/ 추위의 뒷면에는 따뜻함이 웅크리고" 있음에 대한 역설적 비유를 함의하는 것일 터이다. 그렇게 소중한 기억을 담은 "한 그릇 문 없는 집"이 시인의 마음속에 깊이 담겨 있음으로써, 시인은 그것을 타자들을 향한 따뜻한 마음의 수원水源으로 삼고 있다 할 것이다. 그러한 기억은 "영하의 온도를 영상으로 밀어 올리는 한 포기의 수은주"(『수은주』)처럼 뚜렷하게 각인되어 있고, 그 집은 "하늘 한 자락 고였던 귀한 곳"(『물의 마음으로』)으로 그녀에게 남아있는 것이다.

말할 것도 없이 모든 기억이란 과거의 삶을 그대로 재현하는 것이 아니라 시인의 현재적 시선에 의해 선택되고 배제되고 구성되는 것이다. 김화연 시인이 선택하고 배열하는 기억 역시 현재의 시인이 열망하는 삶의 형식을 담고 있을 경우가 많을 것이다. 이번 시집에서 시인이 재현하는 기억은, 이렇듯 지금의 자신이 잃어버리고 살아가는 가장 중요한 원형에 대한 열망과 고스란히 등가를 이루게 된다. 그렇게 김화연 시편은 자신의 기원과 생애에 대해 탐색하고 사유함으로써, 회귀적 나르시시즘을 넘어 존재론적 기원을 탐구하는 품을 깊고 넓게 보여 주고 있는 것이다.

5.

또한 김화연 시인은 뭇 존재자들을 바라보는 따뜻한 사랑의 시선을 보여 준다. 우리는 시인이 안타까워하는 현실 질서가 의외로 굳고 견고한데다, 그녀가 눈을 들어 바라보는 상상적 표지標識 역시 슬픔을 배음背音으로 하는 경우가 많다는 사실에 상도想到하게 된다. 하지만 시인은 보잘것없는 존재자들이 가지는 존엄에 대한 역설적 인식을 결코 잃어버리지 않는다. 이러한 상상력이 바로 그녀의 시편들로 하여금 약하고 쓸쓸한 자들의 삶에 대한 강한 옹호로 기울어가게끔 하는 힘으로 작용하고 있는 것이다. 이처럼 김화연 시인은 주변에 있는 존재자들에 대한 강렬한 사랑의 언어를 들려줌으로써 우리 시대의 주류 질서에 대한 시인 나름의 대항 논리를 한껏 구축해 간다. 오래고 느리고 작고 쓸쓸하고 아프고 소중한 기억들 안에 그러한 세계를 출렁이게 하고 있는 셈이다. 이 모든 것이 김화연 시인의 성정을 그 폭과 깊이에서 은은하게 보여 주는 사례라고 할 수 있을 것이다.

> 만약이라는 말은
> 또 다른 지구
> 주머니에 넣기도 편하고
> 어느 곳에서나 먹을 수 있는 상비약 같은
> 만약이라는 말
> 자꾸 만지작거리면 영영 사라지기도 한다
> 수만 개의 날개를 펴고 날아가기도 하고
> 검은 운석이 되어 떨어지기도 한다
> 만약이라는 말 속에서는
> 집이 스스로 움직이고
> 꽃밭이 살아서 뒤란과 마당 끝을 옮겨 다닌다

움직임이 부산한 만약이라는 말

그 한마디에는 온통 변수들이 가득하다

그 만약을 누구나 갖고 산다

돌파구처럼 막다른 골목처럼

한숨 끝에 곁들이는 그 만약이라는 말

이웃사촌인 듯 살뜰하다가도

꼬리 자르고 떠나는 도마뱀 같은 말

만지면 집게발을 떼어버리고 떠나는 꽃게 같은 말

빈부의 격차도 없고 성차별도 없는

과거와 미래를 마음대로 드나들 수 있는 두 글자

만약이라는 말 한마디로 늦은 밤까지 뒤척인다

너무 멀리까지 가도 괜찮은

돌아오지 않으면 더 좋은 만약이라는 말

이 나무 저 나무 날아다니며

만약을 전하기 바쁜 새들과

뒤꼍 설익은 바람 사이로 창문이 달리는 밤

머릿속에는 하루 동안 썼던

만약이라는 말이

우수수 머리맡에 떨어진다

나는 베개를 만약이라는 말 밑에 바친다

— 「만약이라는 말」 전문

시인은 "만약이라는 말"을 떠올리고 거기에 촘촘한 의미망을 짠다. 그 말은 때로는 "어느 곳에서나 먹을 수 있는 상비약" 같기도 하고, 영영 사라져가기도 하고, 날아가기도 하고, 떨어지기도 할 것같이 존재한다. 누구나 가지고 사는 그 말 안에는 수많은 움직임이 있고, 이웃사촌인 듯 살뜰하다가도 어느새 아득한 타인처럼 떠나갈 것 같은 위태로움도 있다. 그러니 '만약'이라는 말은 우리 삶을 단선적으로 재단하지 않고, 마치 "빈부의 격차도 없고 성차별도 없는/ 과거와 미래를 마음대로 드나들 수 있는 두 글자"가 되어 우리 삶의 역리逆理들을 가득 품게 하지 않는가. 그때 비로소 "머릿속에는 하루 동안 썼던/ 만약이라는 말이/ 우수수 머리맡에" 떨어지고, 그 순간 시인은 "광활한 우주의 손잡이 같은/ 그 손의 말"(『어떤 수화』)을 되새기게 되는 것이 아닌가. 그 안에는 "그 작은 존재의 공생"(『제비꽃』)이 있고 "작고 보잘 것 없는 낡은"(『낡은 책상에 관하여』) 시간들이 나란히 스며있는 것이다. '만약萬若'이라는 말은 그 점에서 존재의 '만약萬藥'이 되어간다.

> 이맘때라는 말은
>
> 일 년 언제든지 있는 때
>
> 지나간 시간을 느닷없이 소환하는 때
>
> 작년과 재작년을 오늘로 불러놓고
>
> 어금니쯤에 고이는 신맛으로
>
> 얼굴을 찌푸리는 때

이맘때라는 말은

흰 구름 의자에 앉아

파랗게 익어가는 나뭇잎에 들뜨고

이빨 사이로 굴러다니는

빈 씨앗 같은 말들이

코끝을 시큰하게 하는 때

우리는 이맘때를 앞에 놓고

날리는 머리카락 쪽으로 웃고

떨어지는 열매 쪽으로 시무룩해진다

비술나무 그늘 밑에서 손뼉을 치며

술래의 속눈썹으로 떨렸던 이맘때

이맘때라는 말이

저 맘과 그 맘 사이에서 편지를 쓴다

느린 우체통 안에

마른 겨드랑이에서

몇 글자 꺼낸 즐거운 기억을

우리 맘대로 소환하여 되씹는 이맘때라는 말이

흐르는 구름 속에 가려지고 있다

—「이맘때면」 전문

김화연 시인은 "이맘때라는 말"을 떠올리면서 그때가 "일

년 언제든지 있는 때"이지만 여지없이 "지나간 시간을 느닷 없이 소환하는 때"라고 말한다. 그야말로 지난날을 "오늘로 불러놓고" 시린 감각으로 "이맘때라는 말"을 맞이하는 것 이다. 그때는 "빈 씨앗 같은 말들이/ 코끝을 시큰하게 하는 때"이기도 하고, "비술나무 그늘 밑에서 손뼉을 치며/ 술래 의 속눈썹으로 떨렸던" 때이기도 하다. 이렇게 "몇 글자 꺼 낸 즐거운 기억"으로 소환하여 "이맘때라는 말이/ 흐르는 구름 속에 가려지고" 있는 순간을 통해, 시인은 가장 즐겁 고도 깊은 시간 의식을 보여 준다. 이처럼 김화연 시인은 서정시가 시간적 흐름을 재현하고 경험하는 기억술記憶術의 일종임을 입증해 간다. 따라서 그녀 시편의 저류底流에는 오 랜 시간 겪은 절실한 경험 가운데 가장 뿌리 깊은 기억의 층 이 녹아있게 되고, 그것은 "태어나면서 동행한/ 목숨이라 는 천적"(『천적』)처럼 타자와의 연관을 통해 대부분 나타나게 된다. 그 점에서 그녀는 자신이 살아온 시간에 대한 성찰을 통해 보편적 삶의 이치를 노래하는 전형적 서정시인으로 태 어난다. 선명한 시간의 "빼낸 것도 넣은 것도 없는 자국"(『여 름 실밥』)과도 같은 삽화들을 통해 한 시절의 경험을 선명하게 보여 줌으로써, 그 안으로 가장 근원적인 삶의 심층이 귀환 하게끔 하고 있는 것이다. "만약"이라는 말과 "이맘때"라는 말은 그러한 귀환의 실질적 매개가 되어준다.

파시스트적 속도 감각으로 충일한 우리 시대에, 김화연 시인은 이처럼 근대적 효율성을 회의하면서 우리가 잃어버 리고 살아가는 고전적인 시공간을 순간적으로 회복해 준다. 이러한 노력은 우리에게 삶의 심층적 이면을 이루고 있는 것이 바로 따뜻한 사랑의 마음이라는 사실을 알려 준다. 그 따뜻한 마음이 심미적 실감으로 다가오는 때, 김화연 첫 시집은 사물과의 깊은 연대감으로 피어나는 순간의 미학을 절정에서 구가한다. 그래서 이번 시집은 우리 시단에 밝고 역동적인 파문을 천천히 불러올 것이다. 그 환한 심미적 실감으로 다가오는 "은은한 존재의 곁"이 이번 첫 시집의 출발점이자 귀착지였던 셈이다. 이제 이렇게 깊이 있는 첫 시집의 세계를 완성한 김화연 시인은, 이러한 성취를 딛고 넘어서면서, 더욱 활달하게 진화한 그 다음 세계로 건너갈 것이다. 그래서 우리는 그 다음 세계가, 우리로 하여금 더욱 아름다운 인생론적인 경험을 누리게끔 해주기를, 마음 깊이, 희원해 보는 것이다.